U0164786

亦舒精選集

承歡記

香港的經典——亦舒

數十年以來，亦舒為讀者寫下了三百多個都市故事，創造了經典的都市女性，蔣南孫、喜寶、黃玫瑰等，不一而足。

二〇二三年，我們隆重推出「亦舒精選集」，初步計劃是三年內出版三十種。

從亦舒三百多部作品中精挑三十種，並不是一件輕鬆的事，根據讀者反映及作者意見，將分為經典之作、作者自選及影視作品。

亦舒出道近六十年，和天地圖書的合作也有四十多年，過往眾多舊作已缺貨，現重新編輯設計，出版精選集，既方便讀者收藏，也希望吸引新讀者關注這位成名數十載的香港作家。

亦舒筆下所寫的，多是獨立女性的故事。

我們期望一代又一代的讀者，能夠在亦舒筆下的世界裏，找到自己熟悉的背影，成為一個思想獨立的人。

天地圖書有限公司　編輯部

二〇二三年四月十一日

書　　名　亦舒精選集 —— 承歡記

作　　者　亦　舒

責任編輯　吳惠芬

美術編輯　郭志民

出　　版　天地圖書有限公司

香港黃竹坑道46號新興工業大廈11樓（總寫字樓）

電話：2528 3671　傳真：2865 2609

香港灣仔莊士敦道30號地庫（門市部）

電話：2865 0708　傳真：2861 1541

印　　刷　亨泰印刷有限公司

柴灣利眾街德景工業大廈十字樓

電話：2896 3687　傳真：2558 1902

發　　行　聯合新零售（香港）有限公司

香港新界荃灣德士古道220-248號荃灣工業中心16樓

電話：2150 2100　傳真：2407 3062

出版日期　2024年2月／初版・香港

（版權所有・翻印必究）

©COSMOS BOOKS LTD. 2024

ISBN：978-988-201-374-2

承歡記

下午七時，亞熱帶的夏季天空還未完全暗下來，這正是所有人歸隊回家的時候，麥承歡下了車一抬頭，只見整座屋邨燈光已亮起一半，那幢廉租屋看上去猶如掛滿珠寶纓絡的寶塔。

她從來沒有第二個家，她在此出生、在此長大，一直沒有離開過。

承歡與父母及一個弟弟同住，麥宅面積雖小，設備還算周全，最幸運之處是窗口面對南中國海，天氣好的時候，藍天碧海，一望無際。

初搬進來，許多親友都訝異了，「廉租屋竟有此美景，真是政府的德政。」

這政府的德政還不止如此，承歡自小學讀到大學，從來未付過一毛錢學費，全免，畢業後，名正言順考進政府機關做事，回饋社會。

麥承歡的世界愉快、健康、樂觀，她沒有機會接觸到這個都會成長期的陰暗面，她只享受到它健全成熟的制度。

她代表幸運的一代。

今日與往日一樣，她從辦公室回家，剛好來得及吃母親煮的可口家庭菜。

在電梯中她已碰到相熟的鄰居，像麥家一樣，他們也在此地住了好幾十年。

承歡聽見黃太太朝她打招呼，並且打趣說：「你們早是富戶了，還住在此地？必是貪風水好，所以你同承早都會得讀書。」

承歡但笑不語。

承歡老覺得不說話是最佳社交禮貌，這些太太的言語背後往往又有另外一層意思，讚美固然不假，挖苦卻亦有誠意。

對長輩要客氣，寧可他失禮，不可我失態。

另一位甄太太也說：「承歡，你媽剛挽了一大籃菜上去。」

她的小孫子伸手來拉扯承歡手袋上的裝飾穗帶，甄太太連忙阻止。

「喂，」她大聲說：「那是名牌手袋，切莫弄壞，」停一停笑，「是不是，承歡？」

承歡見電梯已到十七樓，連忙笑着道別，一個箭步踏出去。

母親打開了門正在炒菜，一陣香直撲出走廊，承歡深深吸氣。

誰說這不是人生至大安慰，下了班回到家知道有頓安樂茶飯在等着她。

她知道有許多獨居的同事回到家只能喝礦泉水吃三文治。

像好友毛詠欣，回到公寓踢掉鞋子便只得一杯威士忌加冰，承歡笑她，不到三十必定變成酒鬼。

一次詠欣問承歡：「伯母會不會做蛋餃？我已三年沒吃蛋餃了。」可憐，連承歡的母親都為之惻然，立刻做了一大鍋叫女兒帶去給她。

承歡在門前揚聲：「承早你在嗎？」

承早過來替姐姐開門。

所謂客廳，不過彈丸之地，放置簡單傢具後已無多餘空間，成年人振臂幾可同時觸摸兩面牆壁，可是這狹小空間從未引起過承歡不快。

是因為一家四口非常相愛的緣故吧。

父母總是讓子女，姐姐願意遷就弟弟，弟弟性格溫和，並且都懂得縮小個人活動範圍。

承歡斟了一杯冰茶喝，小冰箱就放在沙發旁邊，十分方便。

麥太太探頭出來，「回來了？」

承歡嘴角一直帶着一抹笑，「是。」

鼻。

「交通如何？」

「擠得不得了。」

承早看到那笑容，探過身來研究姐姐面孔，承歡聞到弟弟身上汗臊，連忙掩

她叫嚷：「打完球就該淋浴，那雙臭膠鞋還不拿到露台去晾乾。」

承早卻拍手道：「看到了看到了，媽媽，姐姐手指上戴着鑽石戒指，辛家亮終於向她求婚了。」

麥太太噹一聲丟下鍋鏟，熄了石油氣爐火，咯咯咯跑出來，「承歡，可是真的？」

承歡看見母親額角亮晶晶一圈汗珠，每到夏天在廚房鑽的主婦必定個個如此，她不禁一陣痛惜，連忙起來用濕毛巾替母親揩汗。

麥太太怔怔地握着女兒的手，迎着燈光，仔細看承歡手指上的指環，「咦，怎麼鑽石都不亮？」

承早在一旁起哄，「莫是假貨？」

承歡笑，「方鑽是比較不閃光。」

「快去換一顆圓大晶瑩的，鑽石不像燈泡有什麼意思。」

「媽，那些都是細節。」

麥太太一想，可不是。

大事是，女兒要結婚了。

所有埋葬在開門七件事底下的陳年舊事爛穀子陳芝麻，統統一下子翻騰出來。

麥太太真不相信時間會過得那麼快。

小小承歡開步學走蹣跚的樣子還歷歷在目，她小時沒有頭髮，人們總以為那圓臉嬰孩是男生。

很快麥太太又有了第二名，眼看承歡四歲多便要做姐姐，心中十分憐惜大女兒，一直抱手中，直到腿腫，遵醫生囑，才比較肯放下承歡。

承歡第一張在照相館拍的照片還掛在房中，穿着粉紅色新裙子，梳童花頭……今日要結婚了。

她知道承歡同辛家亮約會已經有一段日子，沒想到那麼快談到婚嫁。

「不是說現在流行三十多歲才結婚嗎？」

「家亮已經三十歲了。」

「啊，那麼說，是他比較心急？」

「媽，一切只是順理成章，沒有人不耐煩。」

「那，一切事都得辦起來了。」

承歡有點意外，「辦什麼事？」

麥太太吃驚，「租賃新居、佈置新房、備酒席、做禮服，什麼，你不知道？」

承歡笑了，「我倆辦事能力不錯，請別擔心。」

承早在一旁說：「聘禮，別忘記問他要聘禮。」

承歡轉過頭來，「收了禮金，你得跟我過去做陪嫁工人。」

承早一愣，「有這樣的事？」

「經濟學上以物易物的道理你不懂？」

麥太太問：「你見過辛家伯伯、伯母沒有？」

「我們一直定期喝下午茶，對，雙方家長也許得見個面，媽，你幾時方便？」

麥太太這時才想起廚房還有未炒完的菜，連忙趕進去重新開着爐頭。

承歡跟在母親身後，那一日做三餐飯兼負責茶水的地方其實容不下兩個人，四隻角落及牆壁架上堆滿食具，地上一角還有尚未整理的蔬菜水果。

承歡進出這間廚房千萬次，次次感慨煮婦不易為，自小到大都想：有個大些的廚房就好了，老式廉租屋並無煤氣管喉設施，只能用一罐罐的石油氣，用罄了叫人送來，麻煩之極。

她一直想替父母搬一個舒適寬大的家，可是成年後很快知道那是奢望。以她目前收入，未來十年節衣縮食都未必有機會付出房價首期，況且，現在她又打算組織小家庭，顧此失彼，哪裏還有暇兼顧父母。

承歡低下頭，有點羞愧，子女是不感恩的多，她便是其中之一。

麥太太抬起頭來，「聽你說過，辛家環境似不錯。」

「是，家亮父親開印刷廠。」

「多大規模？」

「中型，僱着廿多三十個工人，生意興隆，常通宵開工。」

麥太太說：「生意生意，所以說，打工一輩子不出頭，像你爸——」

承歡連忙截住母親：「像我爸，勤奮工作，熱愛家庭，真是好榜樣。」

麥太太也只得笑了。

那晚，戶主麥來添加班，沒回來吃飯，只得兩姐弟陪母親。

不知怎地，麥太太沒有胃口，只坐在一旁喝茶。

承早卻問：「姐，你搬出去之後，房間讓給我，我好自客廳搬進去。」

承歡答：「那自然。」

承早先歡呼一聲，隨即說：「不過，至多一年光景，考入大學，我會去住宿舍。」

麥太太大吃一驚。

這麼說來，不消一年光景，她一對子女都會飛出去獨立，這裏只會剩下她同老麥二人？

承歡已經累了，沒留意到母親精神恍惚，淋過浴，靠在小床上看報紙，稍後，一轉身，竟睡着了。

那時還不過九點多，四周圍正熱鬧，鄰居各戶雞犬相聞，電視機全播放同一節目，麻將牌聲此起彼落，車聲人聲飛騰，有時還隱約可聽見飛機升降轟轟。

可是麥承歡只有一個家，自嬰兒期起就聽慣這種都市交響樂，習以為常，睡得份外香甜。

麥來添回到家裏已是十一點。

「今日算早。」他脫下司機制服。

麥太太抱怨：「早兩年叫你買一輛半輛計程車來做，好歹是自己生意，你看，眼看牌照由七十多萬漲至兩百多萬，不會發財就活該窮一輩子。」

麥來添納罕，「今日是誰令你不高興？」

他知道妻子脾氣，全世界得罪她都不要緊，到最後丈夫是她的出氣筒。

「五十出頭了還在做司機，沒出息。」

麥來添搔搔頭皮，「你有心事，說出來大家商量。」

麥太太終於吐出來：「承歡要結婚了。」

「哎呀呀，這是喜訊呀。」

麥太太忽然流下淚來。

「你是不捨得吧，又不是嫁到外國，每晚仍叫她回來吃晚飯好了。」

「你這人頭豬腦，竟一點感觸也無，你叫女兒承歡膝下，這麼些年來，她都做到，可是試問你又為她做過什麼。」

麥來添丈八金剛摸不着頭腦，「喂，什麼我做啥你做啥，父母子女，講這些幹什麼？」

他妻子抹乾眼淚，「承歡有你這種父親真是倒楣。」

麥來添覺得這話傷他自尊，「你今日份外無理取鬧。」

他自去沐浴。

回來又忍不住問：「是辛家亮嗎？」

「是。」

「那孩子好，我很放心。」

「是，承歡總算有點運氣。」

「那你吵些什麼？」

「辛家家境不錯。」

「那才好呀，求之不得。」

「我怕高攀不起。」

麥來添不由得光火，「不是你嫁過去，你不必擔心自卑，是承歡嫁辛家亮，承歡乃堂堂大學生，品貌兼優，配誰不起？」

麥太太不語。

「咄，」麥來添說：「人家不是那種人，你莫多心，你若那樣想，對辛家也不公平，現在有錢人多數白手興家，絕少看不起窮人，」他停一停，「窮人也不妒忌富人，張老闆與我，不過坐同一輛車耳。」

麥太太見丈夫如此豁達，不禁破涕為笑。

四周圍終於靜下來，燈光一家家熄滅。

電視還在報道午夜新聞：「整體樓價跌一至三成……中美貿易戰消弭有望……最大宗製冰毒案宣判……」

第二天中午，麥承歡見到未婚夫，笑道：「戒指可不可以換？」

辛家亮訝異，「為何要換？」

「家母說鑽石不亮。」

「我以為你說亮晶晶太傖俗。」

承歡陪笑。

「你愛怎樣均可，不過換來換去兆頭不大好。」

承歡看着他，「給你一個警告，有何不妥，記住女方亦有權隨時改變主意。」

辛家亮笑，「我一向知道女方權利。」

承歡握住他的手，「我很幸運。」

辛家亮把承歡的手貼在臉旁，「生活中運氣只佔小部份，將來你包辦洗熨煮之時便會知道。」

承歡像是忽然看到了生活沉悶一面，不禁黯然。

辛家亮猶自打趣，「幸虧你叫承歡，不是貪歡。」

承歡低頭不語。

辛家亮說：「我父親說下禮拜天有空，雙方家長可以一聚。」

「我回去問問爸媽可有事。」

「或許可以告假？」辛家亮暗示。

「他老闆不喜別人開車。」

辛家亮忙不迭頷首，「那倒也是。」

承歡抬起頭，「不知怎地，我老覺得母親並不太高興。」

「啊？家母可是興奮到極點。」

這是真的，承歡為此很覺榮幸。

「我已取到門匙，如果有空，偕你去看新家。」

承歡知道這是未來公婆送給他們的結婚禮物：一間簇新公寓房子。

不是如此，二人可能沒這麼快有資格論婚嫁。

承歡說：「真不知怎樣道謝才好。」

「我想不必，他們不過想我們快樂。」

「樹大好遮蔭。」

「這倒是真的，前年姐姐出嫁，妝奩也相當舒服。媽說女孩子手頭上有點錢，比較不受人欺侮。」

承歡笑道：「糟。」

「什麼事？」

「我沒有錢。」

承歡一看到那間公寓房子就喜歡得不得了，朋友中有特別講究品味者像毛詠欣只住舊式樓頂高的房子，可是承歡喜歡新屋，喉管潔具窗框都新簇簇，易管理。

公寓面積不算小，約一千平方呎，兩個房間，客廳還有一角海景，對牢鯉魚門，推開窗，剛好看到一艘豪華大遊輪緩緩駛進海港。

承歡心花怒放，「小學時候讀地理，知道東有鯉魚門，西有汲水門，當中是一隻碗似的維多利亞港，可是要到今日才目睹實況。」
辛家亮把門匙交給承歡。
「由你來佈置如何，姐姐說，她想送整套傢具給我們。」
「不不不，」承歡忙不迭擺手，「我們應當自力更生。」
家亮自口袋中取出一隻信封，「這是某傢具公司五萬元贈券，多除小補。」
「嘎，那我們豈非可以免費結婚？」
辛家亮得意洋洋，「運氣好得沒話說。」
「看得出他們是真想你成家。」
「三十一歲也還不算是老新郎吧。」
承歡看着他笑，「如無意外，長子或長女大學畢業時，你是五十五歲左右。」
「那很好，那很理想。」
家亮看看時間，大家都要趕回辦公室。
第二天，承歡同好友毛詠欣來參觀新居。

連一向挑剔的毛毛都說：「恭喜你嫁入一門高尚人家，辛氏顯然懂得愛惜子媳。」

承歡說：「是。」

「相信你也知道，許多父母看見子女有什麼便問要什麼，又慫恿弟妹去問兄姐拿，非要搞得民不聊生不甘心。」

承歡說：「我父母雖窮，卻不是那樣的人。」

毛毛答：「會得花一個下午做蛋餃給女兒朋友吃的伯母，自然不是那樣的人。」

承歡笑，「謝謝讚美。」

「我也有母親，相信亦有空煮食，可是我吃不着。」

「你的脾氣倔，不易相處。」

「承歡，你的脾性也不見得特佳呀，發作起來，十分可觀，上次為着原則，一張嘴，把那叫馬肖龍的洋人罵得愕在那裏。」

「不要說罵，我是仗義執言，他涉嫌騷擾女同事。」

「政府裏位置調來調去，有一日你做了他下屬，他可不會放過你啊。」

承歡神氣活現，「不怕，明年我必升職，屆時與他平起平坐。」

毛毛細細端詳她，「你會升的，運氣來時，擋都擋不住。」

臨走時承歡把所有窗戶關牢。

「其實呢，」承歡說：「兩夫妻要置這樣的公寓，還是有能力的，只是省吃省用，未免孤苦，有大人幫忙，感覺不一樣。」

毛毛瞪她一眼，「我最憎恨一種心想事成的人。」

承歡說：「但不知怎地，我有種感覺，家母不是十分高興。」

週末，麥太太的煩惱升級。

她同女兒說：「我連出客穿像樣點衣服也無。」

承歡連忙說：「媽，我立即陪你去買。」

「我不要，那種臨時買急就章新衣太像新衣，穿身上十分寒傖。」

承歡駭笑，「依你說，該怎麼辦？」

「該先在自家衣櫃裏掛上一段日子，衣服才會有歸屬感。」

匪夷所思，承歡覺得這話似毛毛口中說出，母親是怎麼了？

麥太太繼續她的牢騷，「還有頭面皮鞋手袋，都要去辦起來，你老爸那副身勢，不修飾見不得人，承早——」

承早在一旁直嚷：「我才不相信家亮哥會嫌我。」

他母親歎口氣，「我先嫌自己。」

承歡舉起雙手，「等一等，等一等。」

麥太太看着女兒。

承歡溫和地說：「辛家亮與我一般是受薪階級，彼此不算高攀，堪稱門當戶對，我並非嫁入豪門，一勞永逸，專等對方見異思遷，好收取成億贍養費，媽媽，你我用真面目示人即可。」

麥來添本來佯裝閱報，聽到女兒這番話，放下報紙鼓起掌來，「阿玉，聽到沒有，你的胸襟見解還不如承歡呢。」

誰知麥太太反而發作起來，「我的真面目活該是灶間婆模樣？我未曾做過小姐？我踏進麥家才衰至今日！」

承歡與承早面面相覷。

麥來添丟下報紙站起來一聲不響開門出去。

承歡連忙追出去。

麥來添看着女兒，「你跟來作甚？」

承歡陪笑，「我陪爸買啤酒。」

她自幼有陪父親往樓下蹓躂的習慣，他一高興，便在小雜貨店買支紅荳冰棒賞她。

今日也不例外，父女倆坐在休憩公園長櫈上吃起冰條來。

承歡說：「真美味，世上最好的東西其實不是貴就是免費。」

麥來添忽然說：「別怪你母親，她感懷身世。」

承歡一怔，「我怎麼會怪她。」

「她一直認為嫁得不好，故此平日少與親友來往，如今被逼出席大場面，因情怯而生怨。」

承歡微笑，她希望將來辛家亮也會這樣瞭解體諒妻子。

麥來添搔搔頭皮，「光是我的名字，已經無法同親家翁比，聽聽：辛志珊，多響亮動聽。」

承歡苦笑，「爸，你受母親影響太深了。」

可是她父親喃喃自語：「來添、來旺，像不像一條狗？」

承歡低下頭，真沒想到結婚會引起父母如此多感觸，頓覺壓力。

「比起我們，辛氏可算是富戶。」

承歡道：「不，張老闆才是有錢人。」

「張某人是鉅富。」

承歡道：「可是一點架子也無，每年過年，總叫我去玩。」

「是，張老闆特別喜歡女孩子。」

「往往給一封大紅包。」

麥來添問：「辛家夫婦二人還算和藹嗎？」

「極之可親。」

「幸虧如此。」

「爸，回家去吧。」

「你先走，我還想多坐一會兒乘乘風涼。」

承歡拍拍父親肩膀。

到了家，見母親在洗碗，連忙叫：「承早，你雙手有什麼問題，為何不幫媽媽？」

承早放下書本出來幫手。

承歡扶母親坐下，勸說：「我明日替你買幾套衣服皮鞋手袋，你先穿幾遭，往菜市來回來回跑得累了，新衣成了舊衣，就比較自然。」

麥太太不由得笑起來。

她摸着女兒鬢腳，「承歡，你一直會得逗我笑。」

承歡緊緊握住母親的手。

替她置起行頭來，才知道母親真的什麼都沒有，還有，承早也還是第一次添西裝。

承歡準備順帶替父親選購衣物。

毛詠欣說：「我陪你去。」

「不不不，」承歡堅拒，「你的品味太過獨特高貴，他們穿上不像自己，反而不美。」

毛毛端詳好友，「承歡，我最欣賞你這一點，對出身不卑不亢，恰到好處。」

承歡笑，「咄，本市百多萬人住在政府廉租屋裏，又十來萬學生靠獎學金讀書，有什麼稀奇。」

「辛某人就是愛上你這點豁達吧。」

「我像我爸。」

「伯母是好似比較多心。」

「嘮叨得不像話，」承歡歎口氣，「看情形女性老了必然牢騷連篇，乖張多疑，將來你我亦肯定如此。」

「可是她是個愛子女的媽媽。」

「是，」承歡說：「為子女犧牲很大，可以做九十分，她不會八十分罷休。」

「那就夠了。」

結果承歡仍然邀請好友陪她購物。

一則毛毛同大多數店家熟，可打九折，另外，承歡欣賞朋友目光。

一路買下去，賬單加在一起，數目可觀，承歡有點肉痛。

毛毛看出來，同她說：「都不過是中價貨裏略見得人的東西，真帶你去名店，可得賣身了。」

「賺錢那麼艱難，花錢那麼容易。」

「誰說不是，」毛毛頷首，「亮晶晶大學生，擺在辦公室裏任由使喚，月薪才萬多元。」

「世上最便宜的是大學生。」

「可是如果你不是大學生，」毛毛咕咕笑，「卻連擺賣的資格也無。」

衣物帶回家，最高興的是承早，嘩嘩連聲，一件件試穿，一邊自稱自讚。

「姐，你看我多英俊，這個姿勢如何，可殺死幾人？」

麥來添也笑道：「花那麼多錢又是為何來，至多穿一次而已，況且我一路在長胖。」

麥太太手中拿着女兒買的養珠項鏈，沉默不言。

承歡蹲下來，「媽，為何懊惱？你若不想我結婚，我就把婚期押後。」

麥來添看不過眼，「阿玉，女兒遷就你一分，你就乖誕多一分，你那小性子使夠沒有？莫叫承歡難做好不好。」

麥太太開口：「承歡，你真能幹，爸媽沒給你什麼，你卻事事替自己辦得周全，一切靠雙手張羅，不像我，我無經濟能力，結婚時連件新衣也無，匆匆忙忙拍張照片算數。」

原來是觸景傷情，感懷身世。

承歡朝父親打一個眼色，麥來添拖着兒子到樓下去打乒乓球。

承歡心想，幸虧我在辦事處已學得一張油嘴，在家可派到用場了。

她把新衣逐件摺好掛起，一邊輕輕說：「上一代女性找工作是艱難點。」

麥太太說：「你看鄧蓮如，方安生，年紀還比我略大呢，還不是照樣揚名立萬。」

承歡咳嗽一聲，「各人際遇不一樣啦。」

「你要好好替媽媽爭氣。」

承歡駭笑，她一向覺得至大的安慰是父母從不予她成才的大壓力，現在最可怕的事終於來臨。

「如何爭氣？」她試探問。

「嫁過去之後三年抱兩，好好主持一個家庭。」

承歡怪叫起來，「媽，我不是嫁過去，我是結婚，沒有高攀，亦非下嫁，我將繼續努力工作，仍然交家用給你，十年之內不考慮添增人口，家務由二人分擔，清楚沒有？」

麥太太驚疑不定，「誰來煮飯？」

「辛家亮留學英國時學會煮一手好中國菜，他的粵式燒豬肉沒話講。」

麥太太跌坐在椅子裏，「你未來公婆知道你們意向沒有？」

「他們是新派人，自然明白。」

「承歡，早點生孩子好，」麥太太此刻才展開笑容來，「放在我這裏，我幫你帶，承早搬出去寄宿，家裏有地方放小床。

「那多辛苦。」

麥太太說：「我喜歡孩子。」

午夜哭泣，掙扎起來餵食，雖然倦得如在雲霧中，看到他們小小面孔，也是值得，麥太太臉上露出溫柔的神色來。

能夠照顧外孫真是天大樂事。

「媽，這些事將來再談。」

麥太太拉下臉來，「你是怕人說你把孩子寄養在廉租屋裏吧。」

嗄？

欲加之罪，何患無辭。

稍後，承歡同父親說：「我懷疑母親的更年期到了。」

麥來添答非所問：「承歡，你出嫁前去見見祖母。」

承歡不悅，「我是結婚，不是出差，我以後還會回來，保證來去自如，出嫁這種封建名詞實有商榷餘地。」

麥來添瞪着女兒，「你同你媽一樣的病？」

承歡約辛家亮同往近郊探訪祖母。

她同未婚夫交代來龍去脈。

「祖母並非親生，是祖父的姨太太，據說，對父親不大好，祖父去世後，節蓄也落在她手裏，可是，父親仍然很尊重她。」

辛家亮讚道：「好仔不論爺田地。」

承歡接上去：「好女不論嫁妝衣。」

辛家亮笑，「不過有得給我們的話就速速收下。」

承歡嗤一聲笑出來。

祖母已經近八十歲，住在私家療養院裏，環境十分清靜舒適。

看得出略為寂寞，但這年頭，男女老幼，除出新婚夫婦，誰不是。

她在會客室見孫女孫女婿。

老太太穿戴比媳婦整齊多了，臉上還撲着粉，搽了口紅。

她點點頭，「承歡，你爸說你要結婚了。」

承歡微笑，「祖母來看看我未婚夫。」

老人打量辛家亮，開口就問：「你幹哪一行？」

辛家亮連忙恭敬地回答：「我是個建築師。」

「啊，」老人立刻刮目相看，笑容真確起來，「你與承歡是如何認識的？」

辛家亮一五一十道來：「我負責設計新圖書館，承歡在新聞組工作，前來拿資料時認識。」

「你喜歡承歡哪一點？」

辛家亮的語氣忽然情不自禁地陶醉起來，「她什麼都好：大眼睛，和藹笑容，爽快脾氣……」

祖母笑，看着承歡，「那多好。」

承歡連忙說：「辛家伯伯、伯母請吃飯，祖母可會出席？」

祖母搖搖頭，「我已走不動了。」

承歡應一聲。

祖母此時摘下頸上項鏈，「給你做禮物。」

「這——」

「收下吧，如今還買不到這樣綠的翡翠呢，我一向看好你，承歡，你那弟弟就不行，自小毛躁，不成大器。」

承歡連忙道謝，好像連祖母對弟弟的劣評也照單全收似的。

老人呷一口茶，緩緩說：「承歡，你看這時勢如何？」

承歡正把那赤金鏈條繫在頸上，忽聞此言，不禁一愣。

她試探地問：「祖母是指——」

「要換朝代了。」

「呵是。」

老人有點驚疑，「會打仗嗎？」

承歡看辛家亮一眼，她很少同親友談到這個問題，可是對着祖母，又覺不妨坦率一點。

因此答曰：「我想不會。」

「會流血嗎？」
「不用擔心。」
「承歡，你要坦白對我講。」
承歡沒想到老人會如此關心政情，十分意外。
「上次人民得到解放，麥家很吃了一點苦。」
承歡料不到祖母用詞這樣詼諧，不禁暗暗好笑。
「你不打算移民？」
承歡搖搖頭。
「不怕？」
承歡說：「世界不一樣了，資本主義改良，他們也有進步。」
「你確然相信？」
承歡只得說：「這也是一種抉擇，任何選擇都需付出代價。」
「換句話說，你也承認有風險存在。」
「那自然，生活中危機四伏，過馬路也需小心。」

「嗯，」祖母點點頭，忽露倦容。

看護出來巡視，「麥老太，你午睡時間到了，叫客人下次再來吧。」

老人握住孫女的手，「承歡，你與父母弟弟不同，你是個出色的女子，我祝福你，將來生了孩子抱來給我看。」

承歡恭敬地稱是。

與辛家亮走出療養院的門，承歡卻有點感喟。

「年輕之際，我們都說千萬不要活到太老，可是像祖母，已屆風燭殘年，可是仍然盼望活下去抱曾孫。」

「我不反對。」

承歡莫名其妙，「你在說什麼？」

「不反對她抱曾孫。」

承歡瞪辛家亮一眼，說下去：「而且，你聽到祖母是何等看低我父母。」

「老人喜歡玩政治，捧一個、踩一個，是慣例。」

「人越老越兇。」

「也有些越老越慈。」

承歡忽然伸手觸摸辛家亮髮腳，「你呢，你老了會怎麼樣？」

「英俊、瀟灑，一如今日。」

承歡忍不住笑。

「與我一起老，你一定會知道真相。」

世界那麼小，許多分了手的情侶也遲早看到對方年華逝去，男方禿頂，大肚子，仍為生活奔波，女方憔悴蒼老，智慧並無長進，當初分手，都以為不難找到更好的一半，事與願違，只留下不可彌補的創傷。

承歡忽然落寞地低下頭。

「你告訴祖母你不會移民？」

承歡頷首，「我不會離開父母弟弟。」

「承歡，」辛家亮收斂笑容，「你明知我家在搞移民。」

「那是你父母的事。」

「承歡，父母一定會叫我跟着過去。」

承歡不悅：「是嗎，到時通知我一聲。」

「承歡，這是什麼話。」

承歡無奈，被逼攤牌，「請問伯伯目的地何在？」

「當然是溫哥華。」

「家亮，眾所周知，溫埠是小富翁退休的天堂、打工仔的地獄，我倆到了那邊，恐怕只能在商場裏賣時裝。」

「太悲觀了。」

「在美國，整條街都是失業的建築師，房屋經紀賺得比畫則師多。」

辛家亮愣在那裏，半晌才說：「我知道夫妻遲早會侮辱對方，沒想到來得這樣快。」

承歡吃驚地掩住嘴，嚇得冷汗爬滿背脊，無地自容，她的口角何等似她母親劉婉玉女士，可怕的遺傳！

尤其不可饒恕的是她並不如母親那樣吃過苦，心中含怨，她對辛家亮無禮純是放肆。

一言既出，駟馬難追，承歡懊悔得面孔通紅。

辛家亮歎口氣，「我也有錯，我不該逼你立時三刻離開家人。」

承歡這才暗暗鬆了口氣。

「此事十劃還沒有一撇，容後再提。」

「不，最好講清楚才結婚，先小人後君子。」

辛家亮想一想歎口氣，「好，我留下來陪你。」

承歡大喜過望，「伯伯、伯母怎麼想？」

家亮無奈，「子大不中留。」

承歡感動，「家亮，你不會後悔。」

「是嗎，那可是要看時勢了，每一次抉擇都是一項賭注。」

可不是，連轉職也是賭博，以時間精力來賭更佳前程，揭了盅，買大開小，血本無歸。

承歡黯然。

她最討厭選擇，幸虧自學堂出來，就只得辛家亮一個人，否則更加頭痛。

辛家亮這時說：「心底還有什麼話，一併趁這個時候說清楚。」

承歡並非省油的燈，她笑說：「你呢，你又有何事，儘管招供。」

回到家中，一照鏡子，承歡才發覺雙耳燒得通紅透明。

她用冷水敷臉。

麥太太在走廊與鄰居閒談，承歡可以聽到太太們在談論她。

「……我也至擔心女兒婚事，女孩子最要緊嫁得好，你說是不是。」

「自己能幹也很重要，不然哪有好男子追求。」

「恭喜你，麥太太，你從今可放下心頭大石。」

承歡暗暗好笑，沒想到在鄰居太太口中，她是母親心頭大石，此刻移交給辛家，可鬆一口氣。

「女婿還是建築師哩。」

「在何處請吃喜酒？我們可要置好新衣服等待闔府統請。」

一言驚醒了夢中人，麥太太怔在那裏，真的，怎麼一直沒聽女兒說過喜筵之事？她打個哈哈，回到屋中。

看到承歡，連忙拉住她，「你們將在何處請客？」

承歡答：「我們不請客。」

「你說什麼？」

「蜜月旅行，蠲免俗例，」承歡坐下來，「雙方家長近親吃頓飯算數。」

麥太太好像沒聽到似的，「親友們一加起來起碼有五桌人。」

承歡不禁失笑，「媽媽，我家何來六十名親友？有一年父親肺炎進醫院，一時手頭緊，一個親友也找不到，若不是張老闆大方，我們母子三人保不定要捱餓。」

麥太太辯曰：「但此刻是請客吃飯。」

「媽媽，酒肉朋友不是朋友。」

可是，麥太太完全接受不來，「那諸親友怎麼知道你結了婚？」

承歡忽然覺得很累，「媽媽，我並不稀罕他們知道或否。」

「這是辛家亮教你說的？」

「媽，我不教辛家亮離經叛道已經很好。」

「辛家是否想省下這筆費用？」

承歡凝視母親，只見她是真確緊張，不由得憐憫母親起來。

這可憐的中年婦女，她的世界只得這間廉租屋一點點大，她的月亮星辰即是子女，丈夫半生令她失望，她全心全意圖子女為她揚眉吐氣。

承歡自幼活潑聰明，讀書又有天份，她一直是母親簡陋天地中的陽光。

承歡溫柔地輕輕說：「媽，我們可以在報上刊登啓事知會親友。」

麥太太哭泣，「我終身懊惱自己沒有一個像樣的婚禮，真沒想到這可怖的命運，竟延續到女兒身上。」

承歡覺得母親小題大做，把瑣事擴大千萬倍，完全不成比例，不禁氣餒。

麥太太大聲說：「那由我麥家請客好了，辛家不必出分子。」

這時麥來添開門進來，「什麼事？哭聲震天，鄰居都在好奇張望。」

承歡攤攤手。

承早自小露台中轉出來，原來他一直躲在那裏，只是不作聲，一切聽在耳裏。

「姐姐說結婚不請客。」

麥來添一聽，呀一聲，「糟，我已口頭上邀請了張老闆。」

承歡原先以為來了救兵，誰知聽父親作出這種表示，頓時被澆了一盆冷水。

她只得出門去乘風涼。

鄰居太太本來聚在麥家門口，見承歡出來，紛紛陪笑讓開。

承歡跑到樓下坐在石欖上發獃。

有人給她一杯冰淇淋，一看，是承早。

做姐姐的甚覺安慰，把頭靠在弟弟肩膀上。

承早笑，「結婚不容易嘜？」

「你遲早知道。」

「看過你的經歷，誰還敢結婚。」

承歡苦笑。

半晌她說：「小時候看荷里活電影，最嚮往女主角一哭，便可奔上一道迴旋樓梯，直到樓上，嘭一聲打開豪華臥室門，撲到大床上……我是窮家女，與家人有什麼爭執，只得避到這個公眾休憩處來。」

承早說：「我明白。」

承歡笑，「你真明白？」

承早也笑。

母親處處刁難她，企圖在女兒的婚禮上爭意氣，多年來的委屈欲藉此發洩到她身上。

皆因這次大事過後，永無機會驕矜，這樣對兒子，他會一走了之。

承歡垂頭。

承早試探地說：「明天還要上班的吧。」

一言提醒承歡，只得打道回府。

小小房間，小小的床，一張書桌用了廿年，統統需要回報，華人講究報恩：受人點滴恩惠，必當湧泉以報。

父母養育之恩，自然非同小可。

的確如此，想到這裏，承歡心平氣和。

第二天承歡去換戒指。

售貨員訝異，「麥小姐，我以為你喜歡方鑽。」

承歡說：「家母說它不夠閃亮。」

售貨員擅於迎合，笑道：「這倒是真的，來，麥小姐，過來看圓鑽，不但閃爍，而且顯大。」

承歡一心討好母親，看到一顆漂亮的，立刻指一指。

店員馬上稱讚：「麥小姐好眼光。」

承歡並非昨天才出生的人，笑笑問：「什麼價錢？」

不先問價，自取其辱。

無論買什麼，第一件事是問價，無論賣什麼，第一件事也是問價，切記切記。

店員取出鑽石證明書，解釋其成色重量，然後，報了一個價目。

等於整間公寓的傢具電器以及蜜月旅行的開銷總和，足夠換一輛新日本房車，兼是承歡工作以來全部節蓄。

只要喜歡，戴在指頭上也不能説不值得，可是為着取悅母親，就有點那個了。

「麥小姐，我給你打個最佳折扣，賬單送到辛先生處。」

承歡笑了，辛家亮又不是大老闆，他知道了不怪她虛榮就很好。

「不，我自己來付。」

忽然身後傳來一把聲音，「豈有此理。」

承歡一樂，轉過頭去，「你怎麼知道我在這裏？」

説到曹操，曹操就到，身後正是辛家亮。

他坐下來，取過看珠寶用的放大鏡，細細鑽研一番，「不錯不錯，就是它吧。」掏出支票簿。

承歡有點忸怩，「這不大好吧。」

「將來可以傳子傳孫。」

「完全失卻預算。」

「家父心中一早有數，有筆救急款子存在我處。」

「我們再考慮考慮。」

辛家亮攤攤手，「何用再想？」

立刻大筆一揮，簽出支票。

承歡知道辛家亮脾氣，這可能也是他全部節蓄，絕不吝嗇。

承歡也不打算再次推辭，忽然之間她也生了母親般的悲涼心態：這可能也是她一生人中最驕矜的一刻，過了這個階段，還有什麼討價還價的能力。

辛家亮要對她好，何用苦苦推辭。

承歡點點頭，與未婚夫走出珠寶店。

辛家亮似笑非笑看着她，「還有什麼枝節？」

承歡問：「你父母對喜筵的看法如何？」

辛家亮聞言變色，「你知道我一向不理他人觀點。」

「可是。」

辛家亮完全收斂了笑容，「承歡，你知道我最反對請客吃飯，這件事我們一早談妥，不用再講，承歡，我盼望你立場堅定，切莫迎風擺柳。」

承歡張開嘴，又合攏。

「照原定計劃，我們到倫敦，我們註冊結婚，我們回來，同意？」

承歡不語。

辛家亮恨惡婚筵一如一些人恨惡賭博以及一些人恨惡遲到一樣。

每個人心底下都有最討厭的一件事，辛家亮從不參加婚禮，堅持這種場合一點智慧也無。

看樣子他無意妥協。

並且，即使承歡可令他委屈，未來數十年間他心中有個疙瘩，也是不值。

未來數十年。

多麼可怕。

承歡忽然有種天老地荒的感覺。

這時辛家亮咳嗽一聲，「生活將起突變，我知道你承受一定的衝激與壓力。」

承歡看着他，「你何嘗不是。」

「所以，我們要額外小心，莫在倉猝間說出會令對方難堪的話來。」

「是。」

「是我倆結婚，別人意見不必理會。」

「是。」

辛家亮滿意了，「在人類言語中，數這個是字最動聽。」

尤其由伴侶說來。

承歡傍晚到毛毛家去聊天。

她捧出一大疊新娘雜誌，「供你參考。」

「我不穿禮服。」

毛詠欣看她一眼，「太瀟灑的後果往往是懊悔。」

承歡沉默。

「我陪你去拍照，我認得朋友的朋友的朋友認識楊凡，他會把你照得如天仙一樣。」

承歡十分心動。

「留着三十年後看很有意思。」

承歡猶疑。

「此事不必讓男方知道。」

結婚照中沒有新郎?

毛詠欣接着說:「辛家亮這人真奇怪,明知婚禮中只有一個主角,他統共是龍套,卻意見多多。」

承歡笑了。

毛詠欣把雜誌翻到其中一頁,「看,這套純軟紗無珠片保守式樣清純無比最適合你。」

承歡忍不住說:「毛毛,緣何如此熱心?旁的事上你從不加插意見。」

她放下雜誌長歎一聲,「因為我知道自己永遠不會結婚。」

「胡說,怎麼可以作此預言!」

「真的,一個人要有自知之明,知彼知己,方能百戰百勝,我相當肯定我不會結婚,所以希望好友有一個完整婚禮。」

「你一定會結婚。」

「不，我沒有勇氣。」

「屆時會有。」

「不，我亦無此愛心，試想想，一個家千頭萬緒，我怎會耐煩數十年如一日點算衛生紙存貨。」

「你若愛他，你不會覺得煩。」

「不，承歡，你對愛的感覺與我完全不同，你的愛是溫暖家庭，體貼丈夫，聽話孩兒。」

承歡大大納罕，「你的愛如何？」

毛毛微微笑，「要令我激動得落淚，短暫不妨，但需燃燒。」

承歡不語。

半晌毛毛繼續話題，「頭紗——」

承歡忽然問：「他出現了沒有？」

毛毛答：「出現過，消失後，我又在等待。」

承歡說：「毛毛，時光易逝。」

「我知道，」她悠然，「所以千萬不可以結婚。」

「將來你會累的。」

「不會比養育兩女一子更累。」

承歡搖頭歎息，「幸虧你尚餘大把時間改變主意。」

毛詠欣答：「你也是。」

「婚後尚能反悔？」承歡笑。

毛毛比她更加詫異，「你沒聽說過離婚？」

承歡忽然被冒犯了，她覺得好友口無遮攔，絲毫不照顧她的感受，她遲些恐怕會祝她早日離異脫離苦海，一點禁忌也無！

你會不會對着孕婦口口聲聲說胎死腹中？

承歡說：「我有點事想走，不與你吃飯了。」

毛詠欣頷首，「隨便你。」

送到門口，毛毛說：「人人只愛聽虛偽的好話，我祝賀你倆白頭偕老，百子千孫，五世其昌。」

承歡苦笑。

自從宣佈婚訊之後她身邊每個人多多少少都變了，包括辛家亮這準新郎在內。

唯一依然故我的可能是承早。

這小子，木知木覺，事不關己，己不勞心，故此無憂無慮。

雙方家長見面的大日子終於來臨。

約在大酒店最好，無所謂誰去拜見誰。

麥太太穿上新衣有點拘謹緊張，整個下午坐立不安，開頭是逢事挑剔，接着緊綳着臉，一言不發，在家已經挽着手袋不放，又一早穿好鞋襪。

偏偏麥先生不知好歹，指着妻子笑道：「瞧，鄉下人趕廟會。」

承歡害怕母親會乘機發作。

可是沒有，麥太太緊閉嘴唇，可是過一刻，比發脾氣更壞的事發生了，她悄悄流下眼淚。

承歡急得連忙用手帕去抹，她母親接過手絹，印乾眼淚，低聲説：「為着你們，我忍到如今。」

承歡刹那間自母親眼光看清這個家：狹小空間，有限家用，辛勞一生，她不禁也哭了起來。

「你怎麼了？」輪到麥太太着急，「化妝弄糊不好看，面孔腫起來怎麼辦？」

一家人總算在擾攘中出了門。

到了樓下，承早問：「咦，這不是張老闆的車子？」

麥來添答：「是，我問老闆借來用一晚，坐得舒服點。」

承歡卻再也提不起精神來。

本來已經不多話的她更加沉默。

辛家亮一早在宴會廳門口等他們。

承歡擔心地問：「來了沒有？」

家亮笑嘻嘻答：「都在裏邊呢。」

一見麥家四口，都站起歡迎。

承歡這才放下心來。

一時各人忙着介紹，承歡連忙退到一旁，先看清楚環境。

辛伯母大方得體，笑容可掬，穿淺灰色洋裝，只戴了寶石耳環。

辛家亮的姐姐家麗一向懂得打扮，再名貴的衣物也能穿得不動聲色，真正大家風範。

承歡一下子要為兩家人負責，胃裏像是吞下一塊大石。

再轉過頭去看父母，發覺他們略為拘謹，姿態稍嫌生硬，最出色的倒是承早，平時髒兮兮，球衣牛仔褲，今日打扮過了，驟眼看不知像哪個英俊小生，把全場男士比了下去。

只見辛伯母殷殷垂詢：「讀幾年級了，啊，拿到獎學金將進大學？太好了……」

這小子竟為姐姐爭光，始料未及。

承歡總算露出一絲笑意。

辛家並無架子，可是人家做得再好，麥太太心中也有疙瘩，她覺得丈夫不但是藍領，且是供人差遣的下人，這叫她抬不起頭來。

一方面聽得承歡已叫家麗夫婦為姐姐、姐夫，又覺安樂，女孩子嫁人，當然要略作高攀，否則窮仔窮女，捱到幾時去。

辛伯母說話已經很小心，可是吃到蒸魚這道菜的時候，笑笑說：「家麗結婚時幾乎沒把父母帶了過去陪嫁，床鋪被褥都問家裏要，把老傭人都討去做家務，是不是，家麗？」

家麗連忙說：「母親太誇張了。」

麥太太又多心，只是低頭吃菜。

辛伯母問：「誰會吃魚頭？」

麥來添又傻乎乎多嘴：「我內人最會吃魚骨頭。」

承歡一顆心幾乎自嘴裏躍出，忙打圓場，「我來吃。」

可是辛家亮馬上把魚頭夾到自己的碟子上，「魚頭是美味。」

麥太太面孔漸漸轉為鐵灰色，鼓着腮，不言不笑。

承歡暗暗歎一口氣，什麼叫小家子氣？這就是了，不過是一頓飯工夫，就算是坐在針毯上，也應忍它一忍，女兒女婿都在此，何必拉下臉來耍性格鬥意氣。

這樣會叫人看不起。

窮人往往一口咬定遭人歧視是因為沒錢，這是錯的，人窮志不窮至要緊，承歡握緊了拳頭。

麥太太忽然開口：「聽說，你們不打算請客吃喜酒？」

承歡瞪大雙眼。

辛伯母訝異地說：「這完全是他們小兩口的意思。」

「這麼說來，你們是不反對了？」

辛伯母連忙答：「我們沒有意見。」

承歡用手肘輕輕去碰母親。

麥太太索性把手臂放到桌子上，「那樣，不太倉猝了嗎？」

辛家亮連忙說：「我們一早決定旅行結婚。」

麥太太並不放鬆，「你不想熱熱鬧鬧讓承歡有一個紀念嗎？」

大家靜了下來。

承歡不語，這也是命運，慈母會在這種要緊關頭把劣根性統統表露出來。

這時承早忽然傾側茶杯，倒了半杯茶在母親新衣上。

麥太太哎唷一聲。

承早立刻扶起母親，「媽，我陪你出去抹乾。」

麥太太一走，大家鬆口氣。

接着，若無其事，閒話家常，像麥太太那番話沒有發生過一樣。

承歡心中悲哀，面子上笑靨如故。

人家是何等深沉，母親，你人微力薄，你說什麼都是白說。

麥來添懵然不覺，猶自與辛先生稱兄道弟。

等麥太太回來，飯局也就散了。

辛太太非常客氣，「大家要多來往才是。」

辛家麗笑道：「我帶頭先去探訪伯母。」

自然不是真的，涵養功夫到了頂層便是誠心誠意地大講假話。

麥家一走，辛家便叫了咖啡坐下開小組會議。

辛太太一邊看賬單一邊說：「家亮怎麼沒看出來，麥承歡其實與他並不匹配。」

辛家麗說：「承歡不錯。」

「可是你看她令堂大人。」

辛先生說：「麥來添也還好，是個直腸直肚的粗人。」

「天長地久，且看家亮怎麼去討好該名岳母。」

「媽，人家會說我們勢利。」

辛先生抬起頭，「我會忠告家亮。」

那邊辛家亮陪麥家四口往停車場走去，大家悶聲不響。

待他們上了車，辛家亮轉身就走，顯然有點懊惱。

麥太太還不知道收蓬，一逕斥責丈夫：「我喜歡吃骨頭？你幾時給我吃過魚肉？有肉不吃我吃骨頭？」

承歡用手托着頭，一言不發。

忽然之間承早發話了：「媽，你放過姐姐好不好？今晚你威風凜凜，每個人都看過你的面色，領教過你的脾氣，再也不敢小窺你是區區一個司機的妻子，夠了！」

承歡吃驚地抬起頭來，承早一字不易，代她說出了心中話。

承早在今晚忽然長大了十年。

然後，承歡發覺一臉濕，一摸，原來是眼淚。

她叫父親停車。

「我到毛詠欣家去聊天。」

截了一部街車，往毛家駛去。

毛詠欣來開門時十分意外，「是你。」

「給我一杯酒。」

毛毛知道這不是揶揄她的時候，連忙斟一杯威士忌加冰給她。

「毛毛，我不結婚了。」她頹喪地宣佈。

「是怎麼一回事？」

「雙方地位太過懸殊。」

毛詠欣要過一刻才說：「你終於也發覺了。」

承歡垂淚，「毛毛，你一向比我聰明，你先知先覺。」

毛毛歎口氣，「辛家亮這個人平板乏味，資質同你是不能比，不過他們都說這種人會是好丈夫，故此我一字不提。」

什麼？

毛毛的結論是：「他配不起你。」

承歡歇斯底里地笑起來，「什麼？」

毛毛也睜大雙眼，「不然，你以為是誰高攀了誰？」

「我於他呀。」

毛毛一愣，真正大笑，且彎下腰，眼淚都掉下來。

她拍着老友背脊，「原來你真的愛他。」

毛詠欣一時不願多說，開着音樂。

承歡的神經鬆弛下來。

「有一個自己的家真好。」

「你也做得到。」

「不，毛毛，你一直比我能幹。」

「基本上你喜歡家庭生活才真，你習慣人聲鼎沸、娘家、辦公室、夫家……」

她到廚房去做香蕉船，電話響，她去聽。

「是毛姐姐嗎，我是承早，請問，承歡是否在你處？」

「是，我去叫她。」

她回到客廳，發覺承歡已經躺在長沙發上睡着。

「承早，她睡了，要不要叫醒她？」

「不用，她也真夠累的。」

「發生什麼事？」

「我媽意見太多。」

看樣子是麥太太犯了人來瘋毛病。

「明早我叫她與你聯絡。」

「謝謝你，晚安。」

這男孩子倒是有紋有路。

算一算，毛詠欣啞然失笑，都二十歲了，當然應該懂事，今日社會要求低，三十以下都還算是青年。

她捧着冰淇淋吃完，替承歡蓋上薄毯子，熄燈睡覺。

第二天承歡比她早起。

讚不絕口：「真靜、真舒服，統共是私人世界。」

毛詠欣微微笑。

「沒有炒菜聲咳嗽聲街坊麻將小孩喧嘩，多好。」

毛毛說：「隔壁還有空屋。」

「可是——」

「可是你已是辛家的人了。」

她們略事梳洗分頭上班，那日，承歡借用好友的衣物。

下午，承早找她：「媽媽做了你喜歡吃的獅子頭，你早點回來如何？」

承歡溫和地說：「不回來我也無處可去。」

承早鬆口氣，「媽只怕你生氣。」

承歡連忙否認，「我沒有氣。」

承早為母親說好話：「她讀書不多，成日困家中做家務，見識淺窄，你不應怪她。」

承歡問：「將來你有了女朋友，還會這樣為母親設想嗎？」

承早倒也老實，笑道：「我的名字又不是叫承歡。」

一整天辛家亮都沒有同她聯絡。

他們也並非天天見面說話不可，不過今日承歡覺得他應當招呼一聲。

她不知道那天早上，辛家亮聽了教訓，受了委屈。

他正在打領帶，看到父親進來，連忙笑問：「找我？」

辛志珊看着兒子，開門見山道：「如果打算請客，應該早半年訂地方。」

辛家亮很堅決地答：「不，不請客。」

「女方知道你的意思？」

「承歡清楚瞭解。」

「我不是指承歡。」

辛家亮一怔，答道：「我娶的是麥承歡。」

他父親點點頭，「那就好，意見太多，無從適應。」

辛家亮只得陪笑。

「你母親的意思是，將來有了孩子，一定要自己僱保母，切莫送到外公外婆處養。」

辛家亮一怔，「未有準備即刻生孩子。」

「凡事先同父母商量。」

「是。」

辛志珊拍拍兒子肩膀離去。

這分明是嫌麥太太愚昧而主意太多。

伯母平日是好好一位家庭主婦，對女兒無微不至，辛家亮也不明何以這次她會有如此驚人表現。

他整天心情欠佳。

承歡回到家中，母親一見她，立刻端出小菜，對昨晚之事隻字不提。

麥來添一早回來，大讚菜式鮮美，那樣的老實人虛偽起來也十分到家。

承歡忽然說：「媽，我請客，我們整家出外旅行如何？」

承早最感興趣，「去何處？」

「你說呢？」

「要去去遠些，到歐美。」

「承早，我出錢，你出力，且去安排。」

麥來添大表詫異，「承歡，你都要結婚了，還忙這些？」

承歡笑，「婚後仍是麥家女兒。」

「哪有時間！」

承歡說：「沒問題。」

這時麥太太忽然問：「可是出了什麼事？」

「沒事沒事，」承歡否認，「我只是想陪父母出去走走。」

承早在一旁歡呼：「我最想到阿拉斯加。」

這時麥太太忽然說：「你且看看請客名單。」

承歡不相信母親仍在這件事上打轉，「媽，我們不請客。」

麥太太看到女兒眼睛裏去，「不是你請客，是我請客，屆時希望你與辛家亮先生大駕光臨，如此而已。」

麥氏父子靜了下來。

承歡愣住一會兒，忽然站起來，「我們沒有空。」

麥太太氣得渾身顫抖，「你就這樣報答母親養育之恩？」

麥來添一手按住妻子，「好了好了，別發瘋了。」

麥太太一手撩開丈夫，「我一生沒有得意事，一輩子遷就，就是這件事，我誓不罷休！」

承早過來勸：「媽，你小題大做。」

「是，」麥太太咬牙切齒，「我所有意願均微不足道，我本是窮女，嫁了窮人，活該一輩子不出頭，連子女都聯合來欺侮我。」

這時承歡忽然揚揚手，「媽媽——」

麥來添阻止女兒：「承歡，你讓她靜一靜，別多説話。」

「沒問題，媽媽，你儘管請客好了，我支持你，我來付賬。」

麥太太反而愣住，像一隻洩了氣的皮球。

麥來添厭憎地看妻子一眼，取過外套開門離去，承早也跟着到附近足球場。

室內只餘母女倆。

以及一桌剩菜。

麥太太走到承歡房門口，「我的意思是——」

承歡揚揚手，「你要請客儘管請。」

「帖子上可不能印聯婚了。」

承歡這時非常訝異地抬起頭來，「結婚，誰結婚？可不是我結婚，我不結婚了。」

麥太太如被人在頭上淋了一盆冰水。

承歡笑笑，「我到毛詠欣家去暫住。」

她收拾幾件簡單衣物，提着行李出門去。

毛毛不相信這件事是真的。

「嘩，為了這樣小事取消婚禮？」

「不不，」承歡糾正她，「從小事看到實在還不是結婚的時候。」

「願聞其詳。」

「劬勞未報。」

「什麼意思？」

承歡歎口氣，「我是長女，總得先盡孝心。」

毛詠欣不以為然，「他們不是你的責任，你還是照顧自己為先，健康快樂地生活，已是孝道。」

承歡頷首：「這是一種說法，可是子女婚後人力物力必大不如前，所以我母親心中惶恐，激發對我百般刁難。」

「瞭解她心理狀況就容易原諒她。」

「是呀，她一向對丈夫沒有信心，認為只有我為她爭氣，她婚禮只是草草，故此要藉我的婚禮補償，漸漸糊塗，以為拚命爭取的是她自己的權益，剎那間渾忘不是她結婚，是我。」

「可憐。」

「是，她巴不得做我。」

「舊女性統共是寄生草，丈夫不成才就轉移到子女身上，老是指望他人替她們完成大業。」

「毛毛，我打算搬出來住。」

「你們的新房不是已經準備好了嗎？」

「這是第二件錯事，我們根本不應接受辛家父母的餽贈。」

毛毛微笑。

「他們出了錢，就理直氣壯參與我們的事，將來更名正言順事事干預，人貴自立，現在我明白了。」

毛毛頷首，「謝天謝地，總算懂了。」

「在生活上倚賴人，又希望得到別人尊重，那是沒有可能的事。」
「後知後覺，總比不知不覺的好。」
「你好像比我知道得早許多。」
「我家有兩個不做事的嫂子，從她們處我學習良多。」
承歡問：「沒有第二條路？」
毛毛笑，「你說呢？」
承歡自問自答：「沒有。」
接着的數天內，她住在好友家裏，每天下了班躲着不出去，情緒漸漸平穩。
承早打電話來，「姐姐，你從來不是邊緣少女，怎麼這下子卻離家出走？」
「超過廿一歲可來去自若，其中有很大分別。」
「爸媽很牽記你。」
「明年你還不是要搬到宿舍去。」
「但我是和平遷居。」
「好，」承歡說：「我答應你，我會回家同他們說清楚。」

「還有，媽關心你在外吃什麼？」

「吃不是一件重要的事。」

「你不懷念母親的菜式？」

承歡昧着良心，「並不是非吃不可。」

「姐姐你變了。」承早痛心的說。

有人按鈴，承歡說：「我不多講了，有人找我。」

毛毛先去開門，轉過頭來說：「承歡，是辛家亮。」識趣地回房去。

辛家亮一臉疑惑，「承早說你離家出走，為什麼？」

承歡伸手過去捂住他的手，「你聽我說，我想把婚期押後。」

「不行。」

「我不是與你商量，我心意已決。」

「是為着請客的事嗎？我願意遷就。」

「不──」

「你是想懲罰我嗎？」

承歡不語。

「伯母想辦得輝煌，我們就如她所願，蜜月回來也可以請客，今天馬上去訂筵席，可好？」

「家亮，我沒有準備好。」

「結婚生子這種事，永遠不能備課，你必須提起勇氣，一頭栽下去，船到橋頭自然直。」

「我辦不到。」承歡把臉埋在手心中。

「如果你愛我，你辦得到。」

「我當然愛你，可是我也愛我母親，而且在這上面，我又最愛我自己。」

辛家亮笑了，「你倒是夠坦白。」

這時詠欣出來，「我約了朋友，你們慢慢談。」

她開門離去。

辛家亮忽然說：「這位毛女士永遠結不了婚。」

承歡嗤一聲笑出來，「對不起，結婚並非她人生目標。」

「承歡，你都是叫她教壞的。」

承歡微微笑，「由此可知你愛我，把我看得那麼好那麼純潔，怕我一下子會被人教壞，從前我們有個同學，與一位舞小姐交往，從不把她帶出來，原因：怕我們這干大學女生會教壞她，你說他多愛她！」

辛家亮沒好氣，「別把題目岔開。」

承歡吁出一口氣，「給我一點時間。」

「一個月。」

「一個月？」承歡瞪大雙眼，「不夠不夠。」

「你需要多久？」

「我先要搬出來住，然後連升三級，陪家人環遊世界，買幢寬敞的公寓給父母，自備嫁妝……那需要多久？」

辛家亮看着她，笑嘻嘻地答：「如果你是一個有腦筋的女明星，三年，但你是公務員，三十五年。」

承歡嗚咽一聲。

辛家亮說的是實話。

「承歡，押後一個月已經足夠，讓我們從頭開始。」

承歡氣餒。

「我昨晚同伯母談過——」

「什麼？」

「她主動約我到家裏，嘩，她燉的鮑魚雞湯之鮮美，無與倫比。」

「她約你面談？」承歡真確意外。

「是呀，她願意放棄擺喜酒這個原意。」

承歡反而心疼。

頑固的心敵不過母愛。

「我一聽，」辛家亮說下去：「羞愧極了，辛家亮竟為這種小事與伯母爭持，又把未婚妻夾在當中扮豬八戒照鏡子，於是立刻拍胸口應允請客。」

什麼？

「現在伯母與我已獲得共識，沒事了。」

麥承歡看着辛家亮，「可是新娘不在場商議該項事宜。」

「對，你不在。」

「買賣婚姻。」

辛家亮搔搔頭皮，「伯母沒問我算錢，她只希望我對你好。」

「你們請客我不會出席。」

「伯母說你也曾如此固執地威嚇她傷過她的心。」

現在變成她是罪魁，承歡啼笑皆非。

辛家亮說：「我去問過，麗晶在下個月十五號星期六有一個空檔，十桌喜酒不成問題。」

承歡看着他，「你已經付了定金，是不是？」

辛家亮無奈，「酒店方面說，非即時下決定不可，先到先得，遲者向隅，那日子本來是人家的，不知怎地取消了。」

承歡點頭，「可見悔婚的不止我一人。」

「你沒有悔婚。」

承歡抱着雙臂看着他。

「你害怕了，想要退縮，經過我的鼓勵，終於勇往直前。」

承歡揚手，「你不明白——」

「我毋須明白，我愛你。」

他拖着她的手直把她帶往新居。

門一打開，承歡發覺傢具雜物都已經佈置妥當。

辛家亮笑說：「趁你發脾氣的幾天內，我沒閒着，做了不少事，一切照你意思，不過家麗幫了不少忙。」

承歡淚盈於睫。

她再不接受，變成不識抬舉。

「家亮，我們應自己置家。」

「承歡，現實一些，我同你，無可能負擔這幢公寓。」

「那麼，生活就該儉樸一點。」

「奇怪，」辛家亮搔破頭皮，「一般女子一切問丈夫要，需索無窮，越多越好，你是剛相反。」

「家亮，我無以為報。」

辛家亮忽然猙獰地笑，「不，你可以報答我。」

承歡遊覽新居。

佈置簡單實用，一件多餘的雜物均無，以乳白配天藍，正是承歡最喜歡的顏色。

辛家亮對她這麼體貼，夫復何求。

家亮斟一杯礦泉水給她，「子享父福，天經地義，將來他百年歸老，一切還不是歸我們。」

承歡瞪他一眼。

「你知道我說的都是真的。」

承歡遺憾地說：「我是希望自立。」

辛家亮攤攤手，「抱歉，是通脹打垮了我們，這一代再也無置業能力。」

承歡無言。

「你愛靜，大可先搬進來住，何必去打擾朋友。」

承歡倚在露台上看風景。

「要不回家去，伯母天天哭泣，承歡，六七十年代持家不容易，千辛萬苦才帶大你們姐弟，眠乾睡濕，供書教學，你有什麼不能原諒她？」

承歡歎息。

「我們走吧。」

他知道他已經說服了她。

那邊辛氏夫婦卻另有話說。

「家亮終於屈服了。」

辛太太訕笑道：「人家母女同心，其利斷金。」

「算了。」

「不算行嗎。」

「只得一名女兒，婚禮是該辦得隆重點。」

「家麗就沒有那麼聽話。」

「是我倆把家麗寵壞了，第一個孩子，看着外國育嬰專家的奇文來做，事事講尊重，聽其自然，不可打罵，結果？人家兩歲會說話，上衛生間、換衣服，她要拖到四歲！」

辛太太也笑。

「幸虧到了家亮，僱用保母，人家有辦法，才大有進步。」

辛太太說：「家麗沒請客，現在家亮願意，不如廣宴賓客。」

「我們起碼佔十桌。」

「誰付鈔？」

辛志珊連忙說：「這是我們的榮幸。」

辛太太也承認：「的確是，只要人家肯來，是我同你的面子。」

「你撥些時間去探訪親家。」

「我知道。」

「承早那大男孩異常可愛，可當子侄看待。」

「噯，我也喜歡那孩子。」

麥承早第二天中午買了三文治拎到辦公室找姐姐。

外頭接待處女孩子驚為天人，目光無法離開這大男孩。

承歡似笑非笑地看着弟弟，「你有何事找我？」

承早一本正經說：「從前盲婚時期只能憑小舅子相貌來推測妻子容顏，那，你就很佔便宜了。」

承歡啼笑皆非，「有話請說。」

「媽問你幾時搬回去。」

承歡不語。

「辛伯母今天下午來探訪我們，你不在家，多突兀，我特來通風報訊。」

「辛伯母來幹什麼？」承歡大感意外。

「來向媽媽請教如何炒八寶辣醬。」

「天氣這麼熱，狹小廚房如何容得下兩個人？」

「媽也這樣說，可是辛伯母答：『室不在大，有仙則靈。』」

承歡皺起眉頭，「幾時到？」

「四時正。」

「我得早些下班趕回去。」承歡額角冒汗。

承早看到姐姐手足無措，有點同情，他安慰她：「我會在場陪你。」

承歡歎口氣。

他又加了一句：「一個溫暖的家即是體面的家。」

承歡十分寬慰，「不枉我小時候將你抱來抱去餵你吃餅乾。」

承早與姐姐擁抱，姐弟淚盈於睫。

剛有同事進來看見，咳嗽一聲。

承歡連忙介紹說：「我弟弟。」

「知道了，長得好英俊，將來，替我們拍廣告。」

承早笑，「一定一定。」

同事猶自喃喃道：「長得漂亮至佔便宜，那樣的面孔，望之心曠神怡。」

承歡詫異，「略平頭整臉而已，哪有這樣討人歡喜？」

同事轉過頭來同承歡算賬，「你也是呀，幹嗎連署長都記得你是誰，升級又是你行頭？」

「啐，我才華出眾呀。」

「笑話，比你英勇的同事不知凡幾！」

下午承歡告了兩個小時的假，買了水果，趕回家去。

在門口碰見父親開着車回來。

承歡站住腳，沒想到車窗打開，張老闆也坐在車中，正向她笑呢。

承歡連忙迎上去，「張小姐，你在這裏？」

麥來添笑道：「張小姐親自給你送禮來。」

承歡啊一聲，「怎麼敢當。」

張小姐笑，「看着你長大，當然要給你送嫁妝。」

承歡感激莫名，垂手直立，只是笑個不停。

張小姐笑道：「阿麥，你看你女兒多出色。」

忽然承早也擠近來，「張小姐，你好。」

張小姐大吃一驚，「這英俊小生是誰？」

「小兒承早。」

「幾時由小潑皮變成大好青年？」張小姐十分震盪，「阿麥，你我想不認老都不行了。」

承歡連忙鄭重說：「張小姐怎麼會老，看上去同我們差不多！」

張小姐笑說：「別忘記請我吃喜酒。」

着麥來添把車駛走。

承早揶揄姐姐：「張老闆不會老？」

「她真的一直以來都那麼漂亮。」

「據說年紀同媽差不多。」

承歡白弟弟一眼，「媽是為了你這隻猢猻捱得憔悴不堪。」

哪曉得承早居然承認：「是，媽是吃苦，沒享過一日福，將來我賺了錢要好好待她。」

「許多孝順兒子都那樣說，直至他們有了女朋友，屆時，整個人整顆心側向那一頭，父母想見一面都難。」

「你聽誰說的？」

承歡道：「我親眼目睹。」

「你是說辛家亮？」

「去你的。」

到了樓上，發覺辛伯母已經到了。

便裝，束起頭髮，正在學習廚藝，把各式材料切丁，做麥太太下手。

看到承歡，笑道：「原來每種材料都要先過油，怪不得。」

麥太太臉上有了光彩，洋洋得意。

承歡惻然，真單純愚蠢，人家給兩句好話就樂成那樣，小孩子還比她精靈些。

但，為什麼不呢，人是笨點好，有福氣。

剎時間炒起菜來，油烟薰透整個客廳，看得出地方是收拾過了，但仍有太多雜物瓶罐堆在四角。

承歡微笑着處之泰然。

盛出菜來，辛伯母試食，「唔，味道好極了，給我裝在塑膠盒裏帶返家吃，館子裏都不做這味菜了，一定是嫌麻煩。」

然後，她坐在摺枱前與麥太太商量請客人數。

辛伯母說：「愛請誰就請誰，不必理會人數，都是我們的面子，你說是不是。」

麥太太十分感動，「我算過了，頂多是五桌。」

「那很適合，下星期家亮會拿帖子過來。」

辛伯母抬起頭，「咦，睡房向海呢，風景真好。」

麥太太連忙招呼她去看海景。

然後她告辭了，承歡送她到樓下。

辛伯母微笑說：「體貼母親是應該的。」

承歡垂下頭，低聲說：「夏季，她往往忙得汗流浹背，衣服乾了，積着白色鹽花。」

辛伯母頷首，「可是子女都成才，她也得到了報酬。」

這句話叫承歡都感動起來。

「對，適才張培生小姐送禮上來，她是你家什麼人？」

「啊，我爸在張小姐處做了二十年。」

「是她呀，最近封了爵士銜可是？」

「是。」

停了一停，辛伯母問：「會來喝喜酒嗎？」

「她說一定要請她。」

辛伯母笑，「那可要坐在家長席。」

「是。」

辛家司機來了，辛伯母捧着八寶辣醬回去。

回到家中，麥太太剛抹乾手，「看看張老闆送什麼禮。」

承歡把盒子拆開來，「一對金錶。」

承早說：「嘩，辛家亮已經有錶，不如送我。」

承歡說：「太名貴了，不適合學生。」

「結婚當日你與家亮記得戴在手上以示尊敬。」

承早笑,「這世界真虛偽,說穿了不外是花花轎子人抬人。」

承歡歎息,「是呀,名利就是要來這樣用。」

承早問:「世上有無清高之人?」

麥太太斥責道:「你懂什麼?」

「有,」承歡答:「我們的父親。」

他們母子一想,果然如此。

麥來添頭腦簡單,思想純真,只曉得人是人,畜是畜,你對他好,他也對你好,你對他不好,他只是不出聲,吃虧,當學乖,無功,不受祿,日出而作,日落而息,不問是非。

所以一輩子都只能做一個司機。

麥太太的臉色漸漸祥和,「是,你爸一生沒害過任何人。」

承歡微笑。

承早也說:「爸真是,制服待穿破了才會去申請。」

麥太太歎口氣，「真笨，下金子雨也不懂得拾寶，大抵只會說：『什麼東西打得我頭那麼痛』。」

他們都笑了。

承歡問：「爸有什麼心願？」

「希望你們姐弟健康快樂。」

承早搶着說：「這我做得到。」

承歡瞪他一眼，「你還能吃能睡，人大無腦呢。」

承早嗚嘩一聲，去換球衣。

承歡站起來。

麥太太即時急說：「你往何處去，你還不原諒媽媽？」

承歡一怔，「我斟杯冰水喝。」見母親低聲下氣，不禁心酸。

麥太太鬆口氣。

承歡低聲說：「這點我不如承早，我脾氣比較僵。」

「承早有點像你爸，牛皮糖，無所謂。」

承早出來，不滿，「又說我什麼」，可是笑容可掬。

承歡見他就快出門去球場耍樂，便笑道：「有女朋友記住帶回家來。」

承早已如一陣風似刮走。

承歡轉過頭去問母親：「媽媽，你又有什麼心願？」

「我？」麥太太低下頭，「我無願望。」

「一定有。」

麥太太訕笑，「天氣熱，希望裝隻冷氣，又盼望大陸親戚會時時來信，還有，你父親薪水加多一成。」

都是很卑微的願望。

「後來，就希望你們姐弟快高長大，聰明伶俐，出人頭地，還有，特別是你，嫁得好一點。」

承歡聽半晌，只覺母親沒有說到她自己，「你自己希望得到什麼？」

麥太太一怔，「剛才不是都說了嗎？」

「不，與我們無關的願望。」

麥太太像是不明白女兒意思。

承歡倒是懂了，母親統共沒有自己的生活，她的生命已融入子女丈夫體內，他們好即等於她好，已無分彼此。

承歡惻然。

她麥承歡一輩子也不會做到那種地步，辛家亮有何成就，她會代他高興慶幸，可是她自己也一定要做出成績來。

夫唱婦隨將會是她的業餘兼職，她正職是做回麥承歡。

麥太太抬起頭，「很小的時候，我曾經希望到外國生活。」

「啊。」承歡意外，她從未聽母親提起過此事。

「彼時我十七歲，有人邀我嫁到英國利物浦去。」

「哎呀。」

「我沒有動身，我不會說英語，而且那個人年紀大許多，長相不好，我害怕。」

「幸虧沒去！」

「後來生活困苦，我也相當後悔，那人到底是雜貨店老闆呢。」

承歡一個勁兒幫着父親，「環境也不會太好，離鄉別井，一天到晚站在小店裏如困獸。」

「都過去了。」

「可不是，別再去想它。」

「媽希望你嫁得好。」

這是普天下母親心願。

「辛家亮好不好？」承歡故意問。

麥太太心滿意足，「好得不能再好。」

承歡笑了，她取起手袋出門去。

麥太太問：「你又往何處？」

「我想搬到新居住。」

麥太太勸道：「不可，一日未註冊簽名，一日那不是你家，名不正言不順。」

母親自有母親智慧。

「那我去與詠欣話別。」

麥太太笑說：「你若願意與詠欣暫住，只要人家不嫌你，亦不妨。」

承歡笑了，「我知道。」

晚上，與詠欣說起上一代婦女的智慧。

「她們自有一套從生活學得的規律，非常有自尊，古老一點可是仍然適用。」

毛詠欣感喟，「那樣克勤克儉，犧牲小我，現在還有誰做得到。」

承歡不語。

唸小學之際，母親挽着熱飯，一直步行一小時帶往學校給他們姐弟吃，回程累了，才搭一程電車，省一角錢也是好的。

她從來沒有漂亮過，有史以來，承歡從未看過母親搽過粉塗過口紅或是戴過耳環。承歡用手臂枕着頭。

「可是，那樣吃苦，也是等閒事，社會不是那樣論功績的。」

「子女感激她不就行了。」

「是呀，只有女兒才明白母親心意。」

毛詠欣笑，「我卻沒有你那樣家庭倫理，我只希望資方賞識。」

承歡問：「你會不會做我伴娘？」

「免，」毛毛舉手投降，「你知我從不去婚禮及葬禮。」

「不能為朋友破一次例？」

毛毛嗤一聲笑，「你若果是我朋友，應當加倍體諒尊重我。」

「也罷。」

「謝謝你。」

承歡精打細算，挑的禮服都是平時亦可穿的款式，顏色不必太鮮，像經穿耐看如淡灰、淺米以及湖水綠這些。

逛累了詠欣陪她喝咖啡，詠欣眼尖，低聲說：「令弟。」

承歡十分詫異，承早怎麼會跑到銀行區大酒店的咖啡座來，一杯茶可往麥當勞吃幾頓飽的了。

她轉過頭去，只見承早與一美少女在一起。

承歡暗暗留神。

那女孩穿得非常時髦考究，容貌秀麗，舉止驕矜，承歡輕輕說：「噫，齊大非偶。」

毛詠欣笑，「你不是想干涉令弟交友自由吧。」

承歡有點不好意思，「當然不。」

「請讓他自由選擇。」

「他可能會受到傷害。」

「我們遲早會遇到痛不欲生之事，無可避免，你不可能保護他一輩子。」

「但那是我弟弟。」

毛毛含笑，「你管太多，他就巴不得沒你這姐姐。」

承歡着急，「那該怎麼辦？」

「看你，那是你弟弟，不是你伴侶，少緊張，如常坐着喝茶呀。」

承歡抹一抹汗，「誰那麼倒楣，會碰到情敵。」

毛詠欣靜下來，隔一會兒，答道：「我。」

「什麼？」

「我，我有一次看到親密男友與一夜總會公關小姐開談判。」

承歡張大嘴。

「於是，婚約立刻告吹。」

承歡第一次聽她披露此事，毛毛竟把這段故事收藏得如此縝密。

「為什麼不在家談判？」

毛毛慘笑，「後來我才知道，他倆彼此害怕對方，已不敢在私人場所見面。」

承歡駭然。

「那一天，也是個夏天，陽光普照，早上起來，同往日並無異樣，」毛毛歎口氣，「不過，這種人，失去也不足惜。」

「你會不會情願什麼都不知道？」

「不，」毛毛笑了，「我不會逃避現實，我情願早點發覺。」

「他們談些什麼？」

毛毛反問：「重要嗎？不過是錢債問題。」

承歡低下頭，不寒而慄。

過一刻她問：「後來呢。」

毛詠欣有點呆，「我們的關係告一段落。」

「不，我是指那對男女。」

毛毛忍不住笑，「你道是看小說，每個人物的結局讀者都有權利知道？」

承歡訕訕地。

「你還想知道什麼？」

「那個舞小姐可長得美。」

「十分漂亮白皙，而且有一種說不出的風情，年紀與我相仿。」

「你怎麼知道她的職業？」

「他告訴我的。」

「他們最終沒有在一起？」

「沒有，去年他結了婚，娶得一個有妝奩的女子，生下一對孿生子。」

承歡不語。

詠欣黯然道：「很明顯，有人願意原諒他。」

承歡連忙安撫，「我們不在乎那樣的人。」

毛詠欣嘴角始終含笑，無人知是悲是喜。

這時承早發現了姐姐，自己先走過來招呼，一手搭在姐姐肩上，十分親暱。

承歡仰起頭，「你走好了，我替你付賬。」

「謝謝姐姐。」

那個少女從頭到尾留在另一邊沒過來，稍後隨承早離去。

毛毛問：「為什麼不順道打個招呼？」

「算了，姑奶奶，也許人家沒心理準備。」

毛詠欣說：「這種女孩一點規矩也無，一次生日，我請弟弟與女友一起吃飯，她說沒空，亦不讓我弟來，叫弟弟到商場陪她看店，如此賣弄男友聽話，那種小家子氣，也不要去說它了。」

承歡抬起頭，「倘若承早有個那樣無聊的女友，我不會怪那女孩子，是承早眼光品味差，我們沒好好教育他。」

詠欣呼出一口氣，神色漸漸鬆弛，「承歡，你真好，你不大怪別人。」

承歡笑，「哎呀呀，毛毛，當然都是我們的錯，我同你，身為時代女性，受過高等教育，又有一份優差，簡直立於必敗之地，不認錯只有招致更大侮辱，自己乖乖躺下算了。」

毛毛笑得前仰後合。

這時，鄰桌一位外國老先生探頭過來問：「什麼事那樣快樂，可以告訴我嗎？」

承歡抹一抹眼角笑出來的眼淚，溫柔地對銀髮如絲的老先生說：「蛋糕非常香，咖啡十分甜，這裏又沒有地震，活着真正好。」

老先生也咧開嘴笑，「年輕真正好才是。」

這次毛毛都由衷應道：「你說得對。」

第二天，承歡回家拉着承早問長問短。

「那是你固定女友嗎?」

「才怪,我在約會的女孩不止她一個。」

「你要小心,男人也有名譽。」

承早點點頭,「可是比女性好一點吧,只要學業與事業有成,風流些不妨。」

承歡看着他,「那起碼是十年後的事,對不對?」

承早一味笑。

「有喜歡的人,把她帶回來見見父母。」

承早沉默一會兒,「十畫都無一撇,況且,也不是人人像辛家亮,可以往家裏帶。」

這話是真的。

承歡記得一年前她把辛家亮請到家中,雖然已經預早通知父母,可是家門一開,麥太太仍在炒菜,麥先生光着上身在修理電視機,家裏狹小凌亂嘈吵,使承歡為之變色。

太不體面了。

可是辛家亮絲毫不介意，寒暄完畢，立刻幫麥先生換零件，十分鐘內電視恢復功能，又吃了兩大碗飯才打道回府。

辛家亮的表現若略差那麼一點點，就過不了這一關。

承歡當然明白弟弟所指。

承早感喟說：「姐夫真好人品。」

人家父母教得好。

承早說下去：「等到真正有感情，才請返家中不遲，這可真是一個關口。」

吃飯了，姐弟連忙取出摺枱摺櫈擺好。

承歡記得那次辛家亮叫摺椅腳夾到手指，忍痛不作聲，愛是恒久忍耐。

他甚至沒想過要改變她，麥承歡做回麥承歡已經夠好。

承歡托着頭微微笑，真幸運。

承早說：「現在都沒有像姐你那樣單純的女孩子了。」

「你又有什麼心得？」

「她們吃喝玩樂都要去好地方，衣食住行都需一流水準。」

承歡脱口問：「那，拿什麼來換呢，你總得有所付出呀，有什麼好處給人？」

「有些稍具美色的尚可，可是另一些不過得眼睛鼻子的也妄想什麼都不用做坐在那裏享福。」

承歡敲弟弟的頭，「叫你刻薄過，一元只剩五仙。」

承早抗議，「這才好呢，至少我看到異性不會暈酡酡。」

「記住，」承歡説：「一早表態，讓對方知道你愛父母。」

麥太太端着菜出來，詫異問：「姐弟嘟嘟囔囔説了這些時候講的是什麼？」

承早笑答：「做人之道呀。」

「嫁了之後仍可回來，又不是從前，想見娘家的人還得請示過夫家。」

「有這種事？」

「你外婆就生活在封建時代。」

不過是一百年左右之前的事，卻已像歷史一般湮沒。

承歡問：「父親不回來吃飯？」

「張老闆有事，這麼些年來，她只信他。」

承歡說：「嘩，四個菜。」

「怕你婚後沒得吃，趁現在補一補。」

「媽，你也怪累的，天天煮那麼一大堆，其實吃隨便點對身體有益，一菜一湯也夠了。」

麥太太低下頭，「可是，我不做菜，又做什麼？」

承歡連忙說：「打毛衣。」

「嬰兒衣服？」麥太太大喜。

「不不不，替我做，今年流行短身水彩色毛衣，在外頭買，挺貴，你幫我織。」

麥太太托着頭，「我沒興趣，你去現買現穿好了，是嬰兒服又不同。」

承歡笑出來，「那麼辛苦帶大我倆，還不夠？」

麥太太說：「你不知道嬰兒的好處，你對他好，他就對你好，他可不理你穿得怎麼樣，有無財勢學問，他的笑聲一般歡樂清脆，他的哀樂毫無掩飾。」

是，這是真的，然後受環境薰陶，漸漸學壞。

麥太太說：「我最喜幼兒。」

「人人喜歡，但是不是人人似你，願意不辭勞苦。」

「我就不明白了，隔壁趙太，堅決不肯代為照顧外孫，並且振振有辭云：『是含飴弄孫呀，不是含飴養孫，你說是不是』，學識倒是很好，可惜沒有愛心。」

事不關己，己不勞心，承歡沒有意見。

「現在她女兒女婿都不大回來了。」

承歡喜歡聽母親細細報道鄰居近況。

「婁先生老是想搬到私人住宅住，婁小姐想替父親換一堂傢具，誰知捱罵：『要換，換房子，換傢具有個屁用』。」

啊，承歡悚然動容。

「你想想，他活到六十歲都沒弄到私人樓宇，叫廿多歲的婁小姐如何有辦法，於是婁小姐也不大回來了。」

承歡笑，辦不到，只好避而不見，她也險些兒回不來。

一些父母對子女要求過苛。

母親說下去：「可是也有子女需索無窮，周君桃硬是叫周太太賣了一幢投資公寓。」

「幹什麼？」

「她要出外留學。」

承歡點點頭。

過片刻，麥來添回來了。

「咦，你們母女在談心？我倒成了不速之客了。」

見她們言歸於好，臉上喜孜孜，這個單純的老實人，居然亦在都會的夾縫中生存下來，承歡充滿憐惜悲慟，像成人看嬰兒，她也那樣看父親。

她站起來，「我回房收拾東西。」

小小五斗櫃內有一格收着照片簿子，照片這樣東西，拍的當時既麻煩又無聊，各人好端端在玩，你叫他們看鏡頭，可是事後真是千金不易。

穿着中學校服的照片尤其珍貴。

生在窮家，當然很吃了一點苦，承歡身邊從無零用，連喝罐汽水都是難得的，也沒有能力購買零星好玩東西與同學交換。

真是現實，同學乘私人房車上學，下雨天，濺起的髒水直噴到站在公路車站上她的鞋襪上。

受了委屈，承歡從來不帶回家，一早知道，訴苦亦無用，許多事只得靠自己。

這些事本來都丟在腦後，忘得一乾二淨，今日看照片又勾起回憶。

承歡不是不知道，只要愛子女便是好父母，可是心中總不能不略為遺憾童年欠缺物質供應，她要到十六歲才到狄士尼樂園，實事求是的她覺得一切都那麼機械化那麼虛假，一點意思也無。

自七八歲開始就聽同學繪形繪色地形容那塊樂土，簡直心嚮往之，原來不過如此。

整個暑假做工的節蓄花得甚為不值。

翌年，她又用補習所得到歐洲跑了一趟，也不認為稀奇，忽然明白，是來遲了若干年，已經不能與同學們一起興奮地談及旅遊之樂，交換心得。

承歡以後都沒再嘗試用自己力量購買童年樂趣，重溫舊夢，夢一過去都不算夢了。

她合上照片簿子。

母親站在房門口，像是知道女兒在想什麼，「承歡，媽媽真是什麼都沒有給你。」充滿歉意。

承歡微笑，「已經夠多了。」

為勢所逼，身不由己，收入有限，有陣子家裏連雞蛋都吃不起，只能吃鴨蛋，淡綠色的殼，橘紅色蛋黃，不知怎地比雞蛋廉宜，可是吃到嘴裏，微微有一股腥氣，不過營養是一樣的。

他們曾經掙扎地過，後來才知道，原來母親一直省錢寄返大陸內地的父母處。

十八歲生日，張老闆知道消息，送來一條金項鏈，那是承歡唯一裝飾品。

大學時期她找到多份家教，經濟情況大好，各家長託上託，拉着她不放，求她幫忙。據說麥承歡可以在半年內把五科不及格的學生教得考十名以內，家長幾乎沒跪着央求。

最近想起來，承歡才知道那不是因為她教得好，而是社會富庶，各家庭才有多餘的錢請家教。

到今天，她總是不忘送承早最好的皮夾克與背包，名牌牛仔褲皮帶。

承歡看看錶，「我約了人喝咖啡。」

「我不等你門了。」

「我在詠欣家。」

那麼多人搬出來，就是怕父母的愛太過沉重，無法交代。

承歡約了辛家亮。

臨出門，他撥一個電話來說有事絆住，這個時候還在超時開會。

「我來接你。」

「也好，半小時內該散會了。」

承歡來到下亞厘畢道。

這種路名只有在殖民地才找得到，貽笑大方，路分兩截，上半段叫上亞厘畢，下半段叫下亞厘畢，亞厘畢大概是祖國派來一個豆官的姓字，在此發揚光大。

承歡真情願它叫上紅旗路或是下中華路。

這與政治無關，難聽就是難聽。

承歡毫不介意舊上海有霞飛路，雖然這也不過是一個法國人的姓，但是人家譯得好聽。

不過，這個城市也有好處，至少能隨意批評路名難聽以及其他一切現象而無後顧之憂。

這一帶入夜靜寂之至，可是承歡知道不妨，時有警員巡過。

她坐在花圃附近等，大抵只需十分鐘辛家亮便會出來。

她身邊有一排老榕樹，鬚根自樹梢一排排掛下，承歡坐在長櫈吸吸它噴出的氧氣。

忽然有人走近，悄悄語聲，是一男一女。

「怎麼把車子停此地？」

「方便。」

「你先回去，後天早上在飛機上見。」

女方歎口氣。

男方說：「我已經盡力，相信我。」

說罷，他轉身自教堂那邊步行落山，女方走到停車場，開動一輛名貴跑車離去。

四周恢復寧靜。

不過短短三五分鐘，承歡覺得幾乎一個世紀那麼長。

他們沒有看見她，真幸運。

但是承歡眼尖，趁着人在明，她在暗，認清一對男女的面孔。

女的她沒見過，可是年輕俏麗，顯然是個美女，而那個男人，是辛家亮的父親辛志珊。

呆了半晌，承歡忽然微微笑起來。

不不，不是驚嚇過度，而是會心微笑。

但立刻覺得不當，用手掩住了嘴。

這時，她聽見腳步聲，承歡連忙站起來現形。

來人正是辛家亮，他疲乏但高興，「來，一起去喝杯米酒鬆弛神經。」

「會議進行如何？」

「我下班後從來不談公事。」

「為此我會一輩子感激你。」

他們循石級走下銀行區。

辛家亮抬起頭四周圍看一看，「這一帶真美。」

承歡答：「有個朋友移民之前有空就跑來站着讚歎一番。」

「是感情作祟吧。」

「是的，漸漸人人都知道得到的才是最好的。」

辛家亮發覺了，「你為什麼咪咪笑？」

「高興呀。」

「與母親重修舊好了吧。」

「嗯。」

是幸災樂禍嗎，當然不，麥承歡不是那樣的人。

自從認識辛家亮之後，她便到辛家串門，親眼目睹辛伯母的日常生活與她母親那天淵之別。

承歡大惑不解，為何同樣年齡的女性，人生際遇會有那麼大的差距。

內心深處，承歡一直替母親不值。

今日她明白了，人人都得付出代價。

辛伯母養尊處優的生活背面，亦有難言之隱。

承歡微笑，是代她母親慶幸。

辛家亮大惑不解，「嘩，還在笑，何解，中了什麼獎券？」

承歡連忙抿住嘴。

「我擔心毛詠欣把你教壞。」

承歡說：「你放心，我比毛毛更加頑劣。」

「也許是，你們這一代女性一個比一個厲害，受社會抬捧，目中無人。」

承歡答：「是呀，幸虧如此，從前，出身欠佳，又嫁得不好，簡直死路一條，要給親友看扁，現在不同，現在還有自己一雙腳。」

辛家亮忽然作動氣狀，「這雙腳若不安份我就打打打。」

承歡仍然笑，「責己不要太嚴。」

辛家亮知道講不過這個機靈女，只得握住她的手深深一吻。

承歡回到毛詠欣處，先是斟了一杯酒，然後同好友說：「此事不吐不快，恕我直言。」

毛詠欣沒好氣，「有什麼話好說了，不必聲東擊西。」

承歡把她看到的秘密說出來。

毛詠欣本來躺在沙發上，聞言坐起來，臉色鄭重叮囑道：「此事萬萬不能說與任何人知，當心有殺身之禍。」

承歡看住好友，「為什麼？」

「記住，尤其不能讓辛家亮曉得。」

承歡說：「該對男女如此擾攘，此事遲早通天。」

「所以呀，何必由你來做這個醜人，以後辛家對你會有芥蒂，屆時你的公婆丈夫均對告密者無好感。」

「可是——」

毛詠欣厲聲道：「可是什麼？跟你說一切與你無關！」

承歡點點頭。

「記住，在辛家面前一點口風不好露出來。」

她們緘默。

過一刻承歡說：「如今說是非的樂趣少許多。」

「社會在進步中，到底掀人私隱，是鄙劣行為。」

又隔一會兒，毛詠欣問：「那個女子可長得美？」

「美嬌嬝。」

毛詠欣點點頭，「他們後天結伴到外國旅行？」

「聽口角是。」

毛詠欣說：「上一代盛行早婚，不到五十，子女已長大成人大學畢業，父母無事一身輕，對自己重新發生興趣，一個個跑去戀愛，真是社會問題。」

「你不贊成早生貴子？」

「除非你打算四十二歲做外婆。」

「遲生也不好，同子女會有代溝。」

毛詠欣笑，「不生最好。」

承歡把雙臂枕在腦後，「大學裏為何沒有教我們如何做人的課程。」

「資質聰穎不用教，像你我那樣笨，教不會。」

那夜承歡做夢，看到父親向母親解釋：「我那麼窮，有誰會介入我們當中。」接着，她看到母親安慰地笑。

承歡驚醒，第一次發覺窮有窮的好處，窮人生活單純許多。

尤其是麥來添，品性純良，從不搞花樣鏡。

過一日，承歡試探地問辛家亮：「我想同你父親商量一下宴會賓客事宜。」

「他明早有急事到歐洲去一個禮拜。」

「啊。」

「客人人數有出入無所謂，他不會計較。」

「是到歐洲開會嗎？」

「有個印刷展覽，他到日內瓦看最新機器。」

「辛伯母沒同去？」

「她年頭才去過。」

「將來你到哪裏我都會跟着。」

「我看不會，」辛家亮笑說：「現在你都不大跟，都是我如影附形。」

「人釘人沒意思，我尊重人身自由，你愛到什麼地方就什麼地方，決定不回來，同我講一聲。」

「這是什麼話？」

「心底話。」

傍晚，承歡回家去。

自窗口看到母親躺在床上睡午覺未醒。

一直以來，住所間隔都沒有私隱可言，開門見山，任何人經過走廊，都可以自窗口張望，偏偏房門又對着窗口，一覽無遺。

承歡輕輕開了門，隔壁婁太太索性明目張膽地探頭進來。

「承歡，回娘家來了，有空嗎？談幾句。」

「婁太太進來喝杯茶。」

「承歡，廿五年老鄰居了。」

「是，時間過得真快。」

「小女小慧今年畢業，想同你請教一下前途問題。」

承歡連忙說：「不敢當。」

「我想她找份工作，賺錢幫補一下弟妹，她卻想升學。」婁太太煩惱。

「功課好嗎？」

「聽說過得去，會考放榜好似六個優。」

「啊，那真該給她升學。」

「讀個不休不是辦法，兩年預科三年大學，又來個五年，像什麼話，豈非讀到天老地荒，不如早些找出身好。」

承歡感慨萬分，多少父母準備好大學費用，子女偏偏讀不上去，又有人想升學，家長百般阻撓。

「你請小慧過來，我同她談談。」

「謝謝你，承歡。」

婁太太告辭，承歡到房中去看母親，發覺她已醒。

承歡坐在床沿，目光落到掛在牆上的月曆，她莞爾，記憶中母親廿多年來都愛在固定位置上掛一月曆。

「……真不甘心。」

承歡沒聽清楚，「什麼？」

麥太太歎口氣，「真不甘心這樣就老了。」

「媽，你還不算老，照目前準則，四十八歲，不過是中年人。」

「可是，還有什麼作為呢。」

承歡忍住笑，「母親本來打算做些什麼？」

「我小時候，人家都說我像尤敏。」

「那多好。」

麥太太又吁出一口氣，「可是你看我，一下子變為老嫗。」

「也不是一下子，當中做了許多事，又帶大兩個孩子。」

「眼睛老花，更年期徵象畢露，如此便是一生，唉。」

承歡終於忍不住笑出來，「母親緣何長嗟短歎？」

「為自己不值呀。」

承歡握住母親的手，「人生必有生老病死。」

「我還沒準備好，我真沒想到過去十年會過得那樣迅速。」

「是因為我要結婚所以引起你諸多感想吧。」

麥太太點點頭，「誰知道我叫劉婉玉？老鄰居都不曉得我姓劉。」

「我明天在門口貼一個告示。」

「活着姓名都埋沒了，死後又有誰記念。」

「媽媽，社會上只有極少數可以揚名立萬，而且，出名有出名的煩惱。」

那樣苦勸，亦不能使麥太太心情好轉，她一直咕噥下去：「頭髮稀薄，腰圍漸寬……」

承歡推開露台門看到海裏去。

麥太太猶自在女兒耳畔說：「婚後可以跟家亮移民就飛出去，越遠越好，切莫辜負青春。」

承歡笑了。

母親老以為女兒有自主自由，其實麥承歡一個星期六天困在辦公室中動彈不得。

「海的顏色真美，小時讀書久了眼睏便站在此地看到海裏去，所以才不致近視，不過近十年填海也真填得不像樣子了。」

麥太太說：「我做點心你吃。」

「媽，你待我真好。」

毛詠欣曾說過，有次她連續星期六日兩天去母親處，她媽厭惡地勸她多些約會，莫老上門去打擾。

承歡記得毛毛說：「我有你那樣的母親，我一輩子不用結婚。」

麥太太這時說：「許伯母問我，『承歡這樣好女兒，你捨得她嫁人』，我只得答：『沒法子，家裏太小住不下』。」

承歡一時看着大海發愣。

電話鈴響，承歡大夢初醒。

對方是辛伯母，「承歡，我正好找你，明日下午陪我喝下午茶好不好？」

承歡一疊聲答：「好好，一定一定。」

辛伯母十分滿意，「承歡你真熱誠。」

「我五點半下班。」

「我來接你。」

承歡作賊心虛，莫是辛伯母知道她看到了什麼？

不可能，談笑如常即可。

這時麥太太站在廚房門口發愣，「我來拿什麼？你瞧我這記性，巴巴的跑來，又忘記為啥事，年輕之際老聽你外婆抱怨記性差，現在自己也一樣。」

她在椅上坐下，天色已昏暗，承歡順手開亮了燈。

母親頭髮仍然烏黑，可是缺少打理，十分蓬鬆。

承歡坐到她身邊，握住母親的手。

辛伯母是完全另外一回事。

髮型整齊時髦，一看便知道是高明師傅又染又熨又修剪的結果，且必然定期護理，金錢花費不去説它，時間已非同小可。

承歡乖乖跟在伯母身後，她逛哪一家公司，便陪她消遣，不過絕對不提意見，不好看是過得去，非常美是還不錯，免得揹黑鍋。

如此含蓄溫婉自然是很勞累的一件事。

幸虧大部份店家最晚七時半關門休息，捱兩個鐘便功德圓滿大功告成。

承歡慶幸自己有職業，否則，自中午十一時就逛起，那可如何是好。

她替未來婆婆拎着大包小包。

終於辛伯母說：「去喝杯茶吧。」

趁她上衛生間，承歡撥電話給辛家亮：「你或許可突然出現討你母親歡喜，以便我光榮退役。」

「累嗎？」

「我自早上七時到現在了。」

「我馬上到。」

在家養尊處優的婦女永遠不知上班女性有多疲倦。

辛伯母叫了咖啡蛋糕，一抬頭，看到辛家亮，驟眼還以為誰同她兒子長得那麼像。

「媽，是我。」

辛伯母歡喜得不得了。

辛家亮問：「為什麼不把家麗也找來？」

「她約了裝修師傅開會。」

「買了些什麼？」

「不外是皮鞋手袋，都沒有新款式，一有新樣子，又人各一雙，制服似，唏。」

承歡苦笑，她們也有她們的煩惱。

「爸可有電話回來？」

承歡立刻豎起耳朵。

「有，不外是平安抵達之類。」辛伯母寂寥地低下頭。

承歡連忙說：「過兩日辛伯伯立刻就回來。」

辛伯母嘴角牽起一絲苦澀微笑。

到這個時候，承歡忽然覺悟，她是一直知道的。

至此，承歡對伯母改觀，肅然起敬，何等樣的涵養功夫，衡量過輕重，在知彼知己的情況下，她佯裝不知，如常生活。

承歡對伯母體貼起來，「添杯咖啡。」

「不，我也累了，也該回家。」

「我與家亮陪你吃飯。」

辛家亮在一旁拚命使眼色想時間歸於己用，可是承歡假裝看不見。

辛伯母很高興，「好，我們一家三口找間上海館子。」

辛家亮歎一口氣，只得打電話去訂位子。

辛伯母十分滿足，一手挽兒子，一手挽媳婦，開開心心的離開商場。

承歡十分欣賞她這一點，根本人生不得意事常八九，偶而有件高興事，就該放大來做，不要同自己過不去。

承歡點了五個菜，「吃不下打包帶回去」，兩個甜品，陪着辛伯母好好吃了頓晚飯。

辛伯母興致來了，問承歡：「你可知我本姓什麼？」

承歡一怔，不，她不知道，她沒聽辛家亮說過，也粗心地忘記問及。

忽然覺得辛家亮推她手肘，塞一張紙條過來，一瞅眼，看到陳德晶三字。

承歡鬆口氣，微微笑，「伯母原是陳小姐。」

「承歡你真細心。」

承歡暗呼慚愧。

「我叫陳德晶，你看，彼時一嫁人，姓名都湮沒了。」

承歡說：「可是，那未嘗不是好事，像我們這一代，事事以真姓名上陣搏殺，捱起罵來，指名道姓，躲都躲不過，又同工同酬，誰會把我們當弱者看待，人人都是搶飯碗的假想敵。」

辛伯母側頭想一想，「可是，總也有揚名吐氣的時候吧。」

「往往也得不償失，可是已無選擇，只得這一條路，必須如此走。」

辛伯母點頭，「這樣堅決，倒也是好事。」

她提起精神來，說到秋季吃大閘蟹的細節。

然後辛家亮建議回家。

他送未婚妻返家途中說：「你並不吃大閘蟹。」

「是，我老覺得有寄生蟲。」

「你應當同母親說明白，否則她會預你一餐吃七隻。」

「又沒到蟹季，何必那麼早掃她興。」

「太孝順了，令我慚愧。」

「除非父母令子女失望，否則總是孝順的多。」

「你這話好似相反來說。」

「是嗎，子女優點缺點不外遺傳自父母，並無選擇權，再差也不會離了譜。」

「你今晚感慨特別多。」

承歡是真的累了，回家卸妝淋浴，倒在小床上，立刻入睡。

半夜被噼啪麻將聲吵醒，原來樓下在為輸贏秋後算賬吵了起來。

承歡怔怔地想，不把父母設法搬離此地，她不甘心。

母親終身願望是飛出去，她沒有成功，現在寄望於承歡及承早。

承早幫她陸續把衣物搬往新家。

「嘩，」那小子瞪大眼說：「娶老婆若先要置這樣的一頭家，那我豈非一輩子無望。」

「別滅自己志氣。」

「有能力也先得安置了父母再說呀。」

承歡大喜，「承早，我想不到你亦有此意。」

「當然有，我亦係人子，並非鐵石心腸，誰不想父母住得舒服些，看着八樓黎家與十一樓余家搬走，不知多羨慕。」

「有志者事竟成，我與你合作如何？」

「一言為定。」

「三年計劃。」

「好，姐，你付首期，我接着每月來分期付款。」

「且相信你有真誠意。」

承早張望一下，「我可以帶女友到你這裏來喝茶嗎？」

「歡迎。」

「這裏體面點。」

「虛榮。」

「咄，誰不愛面子。」

踏入九十年代，承歡發覺四周圍的人說話越來越老實，再也不耍花招，一是一，二是二，牌統統攤開來，打開天窗說亮話，輸就輸，贏就贏，再也不會轉彎抹角，不知省下多少時間。

承早伸個懶腰，「這麼舒服，不想走了。」

恰恰一陣風吹來，吹得水晶燈上纓絡叮叮作響。

承早忽然說：「姐姐真好，總會照顧弟妹，姐夫亦不敢招呼不周，哥哥則無用，非看嫂子臉色做人，連弟妹也矮了一截。」

承歡納罕，「你怎麼知道，你又沒大哥大嫂。」

「可是同學梁美儀有三對兄嫂，家裏都有傭人，她母親六十多高齡卻還得打理家務，還有，母女到了他們家，傭人自顧自看電視，茶也沒有一杯。」

承歡笑道：「你莫那樣待你母親就好。」

「真匪夷所思。」

承歡一味拿話擠他，「也許將來你娶了個厲害腳色，也就認為理所當然。」

承早怪叫，「不會的不會的。」

承歡微微笑。

遲三五七年自有分曉。

「你放心，有我在，沒人敢欺壓我母親。」

「美儀說，她是幼女，沒有能力，她母親心情差，又時常拿她出氣。」

「不要急，總有出身的一天。」

承早點點頭。

「你好像挺關心這位梁同學。」

「也沒有啦，她功課好，人聰明，我有點欽佩。」

承歡看他一眼。

承早又說了關於梁美儀一些瑣事，「真可憐，老是帶飯到學校吃，別人的菜好，她只得剩菜，有時連續三五天都得一味白烚蛋，要不，到館子也只能吃一碗陽春麵，連炸醬麵都吃不起。」

「你有無請她喝汽水？」

「她不大肯接受。」

承歡微微笑，這不是同她小時候差不多嗎？經濟拮据，為人小覷，可惜，當年讀的是女校，沒有男生同情她。

「有機會，介紹她給姐姐認識。」

「是。」

「但是，切勿太早談戀愛。」

承早忽然笑，「那是可以控制的一件事嗎？『我要在二十八歲生日後三天才談戀愛』，可以那樣說嗎？」

承歡白他一眼。

「不過你放心，只有很少人才會有戀愛這種不幸的機會，大多數人到時結婚生子，按部就班，無驚無險。」

承歡揶揄他：「最近這一兩個月，你人生哲學多得很哩。」

「是嗎，」承早笑，「一定是我長大了。」

他是長大了，身段高大，胳臂有力，連做他姐姐都覺得這樣的男生，靠在他肩膀上哭一場將會是十分痛快的事。

「在改善父母生活之前，我是不會結婚的。」

承早不知道，這其實是一個宏願，但總比想改善國家好，國家要是不爭氣，拋頭顱灑熱血都一點辦法沒有。

承歡長長呼出一口氣。

「你不相信我？」承早多心。

「你這一刹那有誠意，我與爸媽已經很高興。」

承早看了時間，「我要練球去了。」

此刻，籃球仍是他的生命。

承歡知道有許多小女生圍着看他們打球，雙目充滿憧憬，那不過是因為年輕不懂事，稍後她們便會知道，籃球場裏的英雄，在家不過叫大弟小明，痛了一樣會叫，失望過度照樣會哭。

年輕的女孩總是希望愛，激動脆弱的心，捧在手中，如一小撮流動的金沙，希祈有人接收好好照顧……幾乎是一種乞求。

承歡早已經看穿，她取過手袋，「來，我們分道揚鑣。」

她立定心思，婚後決不從夫，老了決不從子，耄耋之際無事與毛詠欣二人跑到沙灘去坐着看半裸的精壯小伙子游泳，評頭品足，要多無聊就多無聊，可是決不求子孫施捨時間金錢。

也許，這同承早想提升父母生活一樣，是一個不可實踐的奢望。

可是，這一刻的誠意，已使承歡自己感動。

她約毛詠欣看電影。

詠欣說：「有次失戀來看電影，付了大鈔，忘記找贖。」

承歡看她一眼笑，「你彷彿失戀多次。」

「其實是誇大，但凡無疾而終，統統歸咎失戀。」

「那多好，」承歡點點頭，「曼妙得多。」

毛毛忽然說：「有人問你怎麼會與我做朋友，性情南轅北轍。」

承歡詫異，「可是我倆自有許多類同之處，我們工作態度認真，對生活全無幻想，說話直爽，不曉轉彎抹角，還有，做朋友至重要一點：從不遲到，從不賒借。」

「嘩，我與你，真有這許多優點？」

「好說，我從不小覷自己。」

「這點信心，是令堂給你的吧。」

承歡頷首，「真得多謝母親，自幼我都知道，無論世人如何看我，不論我受到何種挫折，在我母眼中，我始終是她的瑰寶。」

毛毛點點頭，「我羨慕你。」

「別看戲了，黑墨墨，沒味道，開車送我到沙灘走走。」

毛毛連忙稱是。

她們到海旁去看裸男。

毛毛說：「最好三十歲鬆一點，腰短腿長，皮膚曬得微棕，會得跳舞，會得開香檳瓶子，還有，會得接吻。」

承歡笑道：「這好像是在說辛家亮。」

毛毛嗤一聲笑出來，「情人眼裏出西施。」

承歡舉起雙手，「情人是情人，與丈夫不同。」

「你有無想過留個秘密情人？」

承歡惆悵，「我連辛家亮都擺不平，還找情人呢。」

毛詠欣亦笑。

有人扔一隻沙灘球過來，接着來拾，是一個七八歲洋童，朝她倆笑。

「有眷免談。」

承歡同意，「真是老壽星切莫找砒霜吃。」

毛毛看着她笑，「你真是天下至清閒的準新娘子。」

「我運氣好，公寓及裝修全有人包辦，又不挑剔請什麼人吃什麼菜穿什麼禮服，自然輕鬆。」

「是應該像你這樣，船到橋頭自然直。」

承歡笑笑。

毛詠欣想起來，「辛老先生回來沒有？」

承歡搖搖頭，「仍在歐洲。」

「老先生恁地好興致。」

「他並不老。」

「已經娶媳婦了。」

「他仍要生活呀。」承歡微微笑。

那是人家的事，與她無關，事不關己，己不勞心，她一早已決定絕不多管閒事。

那天自沙灘回去，承歡耳畔仍有沙沙浪聲，她有點遺憾，辛家亮絕對不是那種可以在晨曦風中與之踏在浪花中擁吻的男伴。

可是，希望他會是一個好丈夫。

電話鈴響。

「承歡？我爸在法國尼斯心臟病發入院急救，此刻已脱離危險期，明早起程飛返家中。」

承歡啊地一聲，生怕有人怪她腳頭欠佳。

「幸虧沒有生命危險。」

「不，」辛家亮聲音充滿疑惑，「不止那樣簡單。」

「你慢慢説。」

東窗事發了。

「他入院之事，由一位年輕女士通知我們。」

承歡不語。

「那位女士，自稱是他朋友，名字叫朱寶翹。」

一定是那晚承歡見過的美貌女郎。

「這女人是誰？」

「我不知道。」承歡立即否認。

「你當然不會知道，可是母親與我都大感蹊蹺。」

「也許，只是……同伴。」

「怎麼樣的淘伴？」

承歡不語。

「多久的淘伴？」

承歡不敢搭腔。

「她聲音充滿焦慮憂愁，你想想，她是什麼人？」

當然只有一個答案。

「承歡，她是他的情人。」

承歡雖然早已知情，此刻聽到由辛家亮拆穿，還是十分吃驚，啊地一聲。

「母親心情壞透了。」

「可要我陪她？」

「不用，家麗已經在這裏。」

緊要關頭，麥承歡始終是個外人，這也是正確的，她與辛家亮，尚未舉行婚禮。

辛家亮説：「承歡，我想聽聽你的意見，你有空嗎，我們在新居見。」

承歡愕然，問她？她一點意見也無，也不打算説些什麼。

她同辛伯伯辛伯母還沒來得及培養感情。

想到這裏，承歡不禁羞愧。就這樣，她便打算嫁入辛家。

「承歡，承歡？」

她如大夢初醒，「我這就去新屋等你。」

她比他早到，發覺電話已經裝好，鈴聲響，是辛家亮打來，「我隔一會兒就到。」

又過了半小時，承歡坐在客廳沉思，對面人家正在露台上吃水果，有說有笑，十分熱鬧，承歡渴望回父母家去，金窩銀窩不如家裏狗窩。

這時，辛家亮到了。

他臉色凝重，像是大難臨頭的樣子。

承歡心中暗暗可笑，這又不是什麼大不了的事，辛伯母反應激烈在意料之中，辛家亮則不必如此。

「承歡，我覺得難為情。」

承歡問：「事情已經證實了嗎？」

「家麗四處去打探過，原來不少親友都知道此事。」

「什麼？」

辛家亮歎口氣，「尤其是在公司做事的四叔，他說那位朱小姐時時出現，與父親已有三年交往。」

承歡有點發獃，比她與辛家的淵源還久。

「父親竟騙了我們這樣長的一段日子。」

承歡忽然說：「不是騙，是瞞。」

「換了是你，你會怎麼做？」

一聽就知道辛氏姐弟完全站在母親那一邊。

「他大病尚未痊癒，自然是接他回家休養。」

「就那樣？」

承歡終於忍不住發表意見：「你想當場審問父親，如他不悔過認錯，即將他逐出家門？」

辛家亮愣住。

「他是一家之主，這些年來，相信辛家一直由他掌權，你別太天真，以為抓到他痛腳，可以左右擺佈他，他肯定胸有成竹。」

說太多了，這根本不像麥承歡。

可是這一番話點醒了辛家亮，他猶如頭頂被人澆了一盆冰水，跌坐沙發裏，喃喃道：「慘，爸沒有遺囑，母親名下財產並不多。」

承歡啼笑皆非，沒想到未婚夫會在此刻想到財產分配問題。

可是這其中也有悲涼意味，明明是他承繼的產業，現在要他與人瓜分，辛家亮如何壓得下這口氣。

「我要回去勸母親切勿吵鬧，承歡，謝謝你的忠告。」

「明日可需要我去接飛機？」

「承歡，你是我的右臂。」

他匆匆離去與母后共議大計來應付父王。

一杯斟給他的茶漸漸涼了。

承歡歎口氣，站起來，跟着離開公寓。

回到家中，看到母親戴着老花眼鏡正在替承早釘鈕扣，父親在一角專心畫一張新棋盤。

承歡忽然滿意了，上帝安排始終是公平的，每個人得到一點，也必定失去一點。

她輕輕坐下來。

麥太太放下襯衫，「承早自小到大專愛扯脫鈕扣。」

「叫他自己釘。」

「他怎麼會。」

「叫他女友做。」

「還沒找到呢。」

「催他找，原來沒這個人，也相安無事，一旦找到，立刻叫這名女孩做家務、跑腿、照顧老人，還有，出生入死，生兒育女。」

麥太太笑，「以前娶媳婦，真像找到一條牛。」

「現在時勢不一樣了，兒子白白變成別人女兒的飯票。」

「那也要看對方人品如何。」

「教育承早，千萬別娶婚後不打算工作的女子。」

「咄，你媽我也從來沒有職業。」

承歡搔着頭皮，咦，這倒是事實。

「不少有優差的女孩全副薪水穿身上或交娘家，其餘還不是靠丈夫。」

輪到承歡跳起來，「嗄，這不是在說我？」

第二天下午，承歡特地告假去接辛志珊。

他坐着輪椅出來。

後邊跟着那粗眉大眼高挑身段的朱小姐，人家雖然經過許多折騰，可是看上去仍然十分標致。

辛家亮一個箭步上前說：「爸，回家再說。」

可是朱寶翹用肯定的語氣道：「救護車在門口等，他需先去醫院。」

頭也不抬，吩咐護理人員把輪椅往大門推去。

承歡看到辛伯母雙手簌簌地發抖，一句話說不出來。

辛家麗連忙蹲下問她父親：「爸，你回家還是去醫院？」

辛志珊很清晰地回答：「我必須往醫院觀察。」

輪椅一下子被推走。

他們一行四人接了個空。

辛伯母舉步艱難，背脊忽然佝僂，一下子像老了二十年，辛家姐弟只得攙扶她在咖啡座坐下，承歡做跑腿，去找了杯熱開水。

辛伯母一霎時不能回到現實世界來，承歡覺得十分殘忍，可是為着自己着想，又不能開口勸導。

辛家麗聲音顫抖：「承歡，旁觀者清，你說我們應該怎麼辦？」

承歡說：「先把伯母送回家，我們接着去醫院。」

辛家亮頭一個賭氣說：「我不去！」

承歡勸說：「他總是父親，也許有話找你說。」

家麗已無主張，「承歡說的有道理。」

「哪家醫院？」

「回家一查便知道。」

一看，辛伯母仍然雙目迷茫，毫無焦點，注視遠方。

承歡忍不住坐到伯母身邊去，在她耳畔說：「伯母，要讓便讓，要鬥便鬥，千萬不要自暴自棄。」

這一言提醒了夢中人，辛太太一摀胸，號啕大哭起來。

承歡反而放心，哭出來就好。

大家連忙離開飛機場往家跑。

承歡負責查探辛志珊到了哪家醫院。

匆忙間電話鈴響，承歡接聽，「辛公館。」

那邊問：「你是承歡？」認出她聲音。

承歡一愣，「哪一位？」

「我是朱寶翹，適才匆忙，忘了告訴你們，辛先生住救恩醫院。」

「謝謝！」

朱寶翹笑笑，「不客氣。」

這個電話救了他們，現在他們可以名正言順去探望父親，天地良心，這朱寶翹不算不上路了。

辛家亮叫姐姐，「來，我們馬上走。」

辛家麗搖搖頭，「你們去吧，我留下陪媽媽。」

到頭來，有女兒真正好。

承歡去握住家麗的手。

家麗說：「不要爭什麼，只要父親健康沒問題就好。」

承歡激賞這種態度。

她與未婚夫又馬不停蹄趕至醫院。

那朱寶翹也十分勞累，正坐在接待室喝咖啡。

看見他們，她站起來。

「醫生已看過辛先生，還需留院數天。」

辛家亮這才看清楚了父親的女友，她年齡與他差不多，觀其眉宇，已知她聰明果斷，並且言行之間有種坦蕩蕩無所求的神情。

他原先以為她是狐狸精，煙視媚行，風騷入骨，吸男人精血為生，現在看來，覺得不大像，她皮相同一般亮麗的都會女性差不多。

乘坐那麼久的一程長途飛機，又緊急在醫院照顧病人，真是何苦來。

承歡大惑不解，辛志珊並非有錢到可以隨時擲出一億幾千萬來成全任何人的財閥，由此可知朱寶翹付出與收入不成比例。

世上有的是英俊活潑的小伙子，承歡本人就從來不看中年男人，她嫌他們言語嚕囌，思想太過縝密，還有，肉體變形鬆弛，頭髮稀疏……

將來辛家亮老了，那是叫做沒有辦法的事，大家雞皮鶴髮，公平交易，可是此刻麥承歡是紅顏之身，叫她服侍年紀大一截的異性，她覺得匪夷所思。

對方再有錢有勢，她也情願生活清苦點。

坦白說，她不明何以這位朱小姐會同辛志珊在一起。

她聽得辛家亮問：「出院後，我父親到什麼地方住？」

這回連他都看出苗頭來？

朱寶翹回答：「待會你問他。」

她把頭髮往後攏，露出額前心形的髮尖，怎麼看都是一個漂亮的女子。

辛家亮忽然說：「他已經五十三歲了。」

朱寶翹抬起頭來，「我知道。」

兩人心平氣和，像朋友一樣。

「我與承歡，將於下月結婚。」

朱寶翹露出疲乏笑容，「恭喜你們。」她一點也沒有退縮的意思。

承歡願意相信這是愛情，因此更覺神秘。

看護推門出來，「辛先生問，辛家亮來了沒有。」

辛家亮連忙拉着承歡一起走進病房。

辛志珊躺在病床上，外形同平時當然不一樣，臉皮往兩邊墜，十分蒼老。

辛家亮往前趨，承歡站在一旁。

將來，瞻仰遺容，也必定同一情況。

只聽得辛志珊輕輕說：「在鬼門關裏打了一個圈子回轉來，險過剃頭。」

承歡神不知鬼不覺地偷偷一笑，心想，有年輕貌美的紅顏知己陪伴，到哪裏逛都樂趣無窮。

他說下去：「這次經歷，使我更加珍惜眼前一切。」

他終於找到最佳藉口。

「我不能再辜負寶翹，出院後我將搬出去與她在一起。」

果然如此。

「我會親口同你母親講清楚。」

辛家亮大為困惑，「可是——」

「財產方面，我自然有所分配。」

辛家亮忙說：「我不是這個意思。」

他父親老實不客氣地說：「當然你是這個意思，人之常情，無可厚非，我自然不會叫你照顧你母親，財產分三份，你與家麗共一份，我與你母一人一份，我會吩咐律師公佈。」

辛家亮無奈，不敢不答應。

辛志珊揮揮手，「我累了。」

辛家亮只得站起來。

「慢着，」他父親又說：「承歡，我想單獨與你說幾句話。」

承歡有點意外。

辛家亮亦揚起一條眉，「我在外頭等你。」

承歡走過去。

辛志珊微微笑，「別人的女兒怎麼會這麼聰明！」

承歡知道這是在說她，不勝訝異。

「謝謝你替我保守秘密。」

啊，承歡恍然大悟，那天晚上，她看見了他們，他也看見了她。

承歡微笑，不作聲。

「你怎麼看這件事？」

承歡面子上什麼都不做出來，心中卻想：辛伯伯，色字頭上一把刀。

他又說：「將來，孫子有你一半聰明緘默，我家就受用不盡了，」停一停，

「你出去吧，叫寶翹進來。」

「是。」承歡答應一聲。

回家途中，辛家亮好比鬥敗公雞。

他不住抱怨：「可不要把印刷廠分給我，我見了都頭痛。」

承歡覺得可笑，只得安慰他：「真不喜歡，也可以賣掉，生財工具出讓，七

成新，價廉物美。」

「人家會怎麼想。」

「現在，好像已經沒有人管誰怎麼樣想了。」

辛家亮抬起頭，「他竟為着她放棄一切：家庭、事業、金錢。」

「所以她跟着他呀。」

「我怎麼同母親說？」

「他自己會開口。」

「怎麼開得了口！」

承歡不語，當然開得了口，他又不是第一個那麼做的人，子女都已成家立室，責任已完，還有什麼開不了口的事。

承歡這時做了一件十分勇敢的事，「我不陪你回家了。」

「承歡我需要你。」

承歡說：「朋友再陪你，此事已成事實，必有一番擾攘，一時擺不平，請留前門後。」

辛家亮知道這都是事實。

「還有，我們的婚禮勢必不能如期舉行，你去推一推。」

「承歡，真抱歉。」

「不要緊，大可先註冊……這個慢慢再談吧。」

她自己叫車子走了。

母親在家門口等她，「怎麼一回事，承歡，怎麼一回事？」惶惶然慌張萬分。

承歡坐下來，「辛伯伯忽然得了急病。」

「有無生命危險？」

「不礙事。」

「他們有無嫌你不吉利？」麥太太緊張兮兮。

承歡啼笑皆非，「媽，你真想得到。」

「來得及辦喜酒嗎？」

「只得往後挪三兩個月。」

「唉呀，好事多磨。」

承歡微微笑，「可不是。」

麥太太大惑不解，「你好似不甚煩惱。」

承歡笑說：「搔破了頭皮，有什麼用？」

「怎麼會生出這許多枝節！」

「都是你，」承歡有心同母親開玩笑，「當初旅行結婚，省時省力，我早已是辛太太，還用拖至今日呢。」

誰知她母親臉上一陣紅一陣青，當真懊悔。

她一聲不響到房中，翻出縫衣機，做起窗簾來。

承歡跟進去。

縫衣機叫無敵牌，車身上有金漆蝴蝶標誌，由母親廿餘年前自上環某拍賣行內以三十元購得，舊貨，可是一直用到今日。

承歡把手按在母親肩上，「放心，媽媽，我不會嫁不出去。」

麥太太落下淚來。

「緣何擔足心事？」

「不知怎地，近日我中門大開，凡事傷感，時時悲從中來。」

或許是更年期內分泌失常影響情緒，要看醫生。

「我約了毛詠欣。」

「你去散散心。」

在門口，承歡發覺人影一閃。

「誰？」

那人影緩緩現形。

一張非常年輕的面孔，化着濃妝，眉描得太深胭脂搽得太紅，可是脂粉貼臉上顯得油光水滑，一點也不難看。

承歡辨認半晌，衝口而出：「妻小慧。」

「是，麥姐，正是我。」

承歡笑問：「參加什麼舞會？」

小慧忸怩，「我上訓練班。」

「什麼班？」

「香江小姐選舉的訓練班。」

啊，承歡悚然動容，陋室多明娟，又一個不安於室的美貌少女將脫穎而出了。

承歡細細打量她，「我聽你母親說，你想出外讀書。」

小慧笑，「將來吧，先賺點錢再說。」

「你想清楚了？」

「只得這條路罷了，先賺點名氣，以後出來走，無論做事嫁人也有些什麼傍身。」

「那不是壞事。」承歡頷首。

「我媽叫我來問你拿些忠告。」

承歡訕笑，「我有的也不過是餿主意。」

小慧一直在笑。

「你今年幾歲？」

「十八了。」

窮人的子女早當家，十八歲就得出來靠自己雙手雙腳站穩，前輩父兄叔伯阿姨嬸嬸愛怎麼嘲笑揶揄踐踏都可以。

窮家女嘛，誰會來替她出頭，再欺侮她也無後顧之憂。

承歡想到此處，牽牽嘴角，「事事要自己爭氣。」

「是，麥姐。」

「氣餒了，哭一場，從頭再來。」

「是，麥姐。」

「總有十萬八萬個人要趁你不得意之際愚弄你。」

小慧駭然，「那麼多？」

「可是記住，成功乃最佳報復。」

小慧握住承歡的手，「麥姐，虛榮會不會有報應？」

承歡想一想，「要是你真夠虛榮，並且願意努力爭取，你的報應會是名利雙收，萬人敬仰。」

妻小慧笑得彎腰。

承歡歎口氣，「這是一個奇怪的社會，但求生存，不問手段，但是我相信你我本性善良，凡事不會過火。」

小慧說聲時間已到，匆匆而去。

承歡看着她的背影，那是一個美麗的V字，肩寬、腰細、豐臀、長腿。

這是一個十分重功利美色的都會，長得好，且年輕，已是最佳本錢。

這自然是一條凶險的路，可是，你不是要圖出身嗎，既然如此，豺狼虎豹，利箭穿心，也只得冒死上路。

承歡見到了毛詠欣，不禁歎一聲，「你我已年老色衰。」

毛毛嗤一聲笑，「過了十八廿二自然面無人色。」

「要利用青春，真不該在大學堂裏浪費時日。」

毛毛點頭，「一進學堂，如入醬缸，許多事礙於教條，做不出來，難以啓齒，是以縛手縛腳，一事無成。」

「可不是，動輒想到寒窗數載，吃盡鹹苦，如不守住自己，既對不起那一打打抄的筆記，又虧欠了學問，充滿悲慟，日日自憐，高不成低不就。」

毛詠欣笑，「結果一輩子下來，退休金還不夠有辦法的女子買一套首飾。」

「有沒有後悔？」

毛詠欣吁出一口氣，「沒有，我脾氣欠佳，只得一條路可走。」

「這一條路說法剛才也有人講過。」

「誰，誰同我一般聰明智慧？」

承歡笑笑。

咖啡桌旁有外籍男子朝她們使眼色。

承歡惋惜，「已經禿了頭頂，還如此不甘心。」

毛毛笑笑，「太無自知之明。」

「我喜歡男子有胸毛，你呢？」

毛詠欣駭笑，「我不會對這種猥瑣的話題發表任何遙遠的意見。」

承歡卻肆無忌憚地講下去：「濃稠的毛髮至吸引我，所以他們的頭髮現在也越留越長，還有，一雙閃爍會笑的眼睛也很重要，強壯、年輕的身體，加上一張會得説甜言蜜語的嘴巴，懂得接吻……」

毛毛用一種陌生的目光看着好友。

承歡抗議：「我養得活得自己，我有權對異性有所要求。」

「你説的可不是辛家亮。」

「我知道。」

「承歡，婚約可是取消了？」

承歡點點頭，「我與他都心知肚明。」

毛詠欣並沒有追問詳情，她抬頭隨意瀏覽，「讓我們貪婪地用目光狩獵。」

「你一直不大喜歡辛家亮吧。」

「不，我也不是不喜歡他，他資質實在普通，而且看情形會一直平凡下去，而我同你，已經吃了那麼多苦，何必還急急悶上加悶。」

承歡忽然問：「你有無見過真正的俊男？」

「有，一次在溫哥華笠臣街買鞋，那售貨員出來與我一照臉，我忽然漲紅面孔，他就有那麼英俊。」

承歡詫異，「為何臉紅？」
「因為想約他喝咖啡。」
「結果呢？」
「買了三雙爬山靴，一雙都用不着。」
「他有學問嗎？」
「你真的認為學識很重要？」
承歡愕然，「不然，談什麼？」
「可是你看看進修學問的男人年過四十行為舉止都開始似老婦人，五短身材面黃無鬚，共處一室，你真受得了？」
承歡不語。
毛詠欣笑，「想説話，找姐妹淘好了。」
對座那洋人過來搭訕：「請問兩位小姐——」
承歡答：「這空位已經有人，我們已經約好朋友。」
那人只得退下。

她倆付賬離去。

兩人又在地車站絮絮不休談了半晌才分手。

已經深夜，家裏卻還開亮着燈。

麥來添一見女兒，「好了好了，回來了。」

「什麼事找我？」

莫非辛家又有意外？

麥來添說：「你明日告一天假去看祖母。」

啊，承歡心知肚明，畢竟八十多歲的老人了。

「開頭是傷風，隨即轉為肺炎，指名要見你。」

「明早來得及嗎？」

「醫院說沒問題。」

「那就明早吧。」

承早問：「我可需去？」

麥太太答：「沒人提到你的名字。」

承早扮個鬼臉，「我樂得輕鬆。」

承歡也笑，「可不是，那又不是真的祖母，與我們並無血緣，且又不見得對我們親厚。」

麥太太接上去：「是你爸這種憨人，動輒熱面孔去貼人冷屁股，數十年如一日，好此不疲。」

麥來添不語。

承歡自冰箱取出啤酒，與父親分一瓶喝，「爸，想些什麼？」

麥來添說：「她進門那日，我記得很清楚。」

承歡不語。

「聽說是一個舞女，穿件大紅旗袍，那時女子的裝束真奇異，袍叉內另加粉紅長綢褲，喏，像越南人那樣的裝束，父親極喜歡她，她從來正眼都不看我。」

麥太太在旁加一句：「她併吞了麥家所有財產。」

承早比較實際，「財產到底有多少？」

沒人回答他。

麥來添說：「奇怪，半個世紀就那樣過去了。」
他搔着芝麻白的平頂頭。
承歡問：「她有什麼話同我說？」
「不知道。」
麥太太說：「恐怕是要我們承擔殮葬之事吧。」
「那可是一筆費用。」
「而且是極之腌臢可怕的一件事。」
「可是，」麥來添歎口氣，「總要有人來做吧。」
麥太太搖頭歎息，「真不公平。」
第二天早上，承歡五點正就起來了。
梳洗完畢，喝杯熱茶，天濛亮，就出門去。
麥太太在門前送她。
「媽，自小學起你每早都送我出門。」
「多看一眼是一眼，媽媽有一日會先你而去。」

「那時我都八十歲。」承歡補一句。

麥太太微笑，「你打算活那麼久？」

「咄，我自給自足，又不是誰的負累，上帝讓我活多久我都受之無愧。」

「早去早回。」

「記得叫承早替我告假。」

麥太太頷首。

承歡還未完全睡醒，仗着年輕，撐着上路，她用的是公共交通工具。

即使那麼早，車上也已經有七成搭客，都是莘莘學子，穿着藍白二色校服，背着沉重書包上學。

承歡竊笑，如果他們知道前路不過如此，恐怕就沒有那麼起勁了吧。

承歡記得她小時候，風雨不改上學的情形，一晃眼，十多個寒暑過去。

放假因為沒有娛樂，所以情願早點開學，她是個好學生。

承歡看着火車窗外風景，一路上統統是高樓大廈，已無郊外風味。

下了車，她叫部計程車，「長庚醫院。」

看看錶，已近七點。

車子在山上停下，承歡伸一伸懶腰，走進接待處，表示要探訪麥陳好。

接待員說：「探病時間還沒有到。」

可是有看護說：「她有預約，麥陳好已進入彌留狀況，請跟我來。」

承歡緘默鎮定地跟着看護走。

令她覺得奇怪的是祖母並沒有躺着，她舒舒服服坐在一張安樂椅上，雙腿擱在矮几，正在吸橘子汁。

承歡緩緩走近。

祖母抬起頭來，承歡看清楚她的面孔，才知道醫生判斷正確。

她的臉浮腫灰暗，雙目無光，顯然生命已到盡頭，所謂油盡燈枯，就是這個意思。

「誰？」

面對面，她知道有人，可是已經看不清楚。

承歡心一酸，坐在她身邊，「是我，承歡。」

「呵，承歡，你終於來了。」

「祖母，你要見我？」

「是，」她思維似仍然清晰，「我有事同你說。」

「我就在這裏，你請說吧。」

祖母微微笑，「你的臉，長得十足似你祖父。」

承歡十分意外，這是祖母喜歡她的原因嗎？

「你父親就不像他，一生賭氣，從不給人好臉色看，完全不識好歹。」

承歡只得說：「他是老實人，不懂得討好人。」

「承歡，昨日，我已立下字據，把我遺產贈予你。」

承歡說：「祖母留自己慢慢用。」

「我不行了，很累，老想睡。」

「休息過後會好的。」

承歡對於自己如此巧言令色十分吃驚，難怪祖母只喜歡她一人，因為麥家其他人才不會說這種話。

祖母緩緩說：「一個人到最後，不過是想見自己的子女。」

承歡唯唯諾諾。

「我並無親人。」

「祖母，我是你孫女。」

「真沒想到麥來添有你這樣爭氣的女兒。」

「祖母太誇獎了，我爸心中孝敬，一直教我們尊重祖母。」

「這麼些年來你都叫我祖母，我留點嫁妝給你也是應該的。」她的聲音低下去，像是在說什麼體己話，「一個女人，身邊沒有些許錢傍身，是完全行不通的，到老了只有更慘。」

承歡不語：

「有錢，可以躲起來，少個錢，便想攢錢，人前人後醜態畢露。」

沒想到她對人生百態瞭如指掌，承歡微微笑。

看護進來，也笑着說：「麥老太仍在說女人與錢的關係吧。」

承歡點點頭，這話題連看護都耳熟能詳。

看護幫她注射，「麥老太說得很正確，女人窮了，又比男人更賤。」

承歡忽然加一句：「大人到底又還好些，孩子最慘。」

看護歎息一聲，「誰說不是，窮孩子還不如畜牲，我見過家中懶，一個月不給洗一次澡的孩子。」

剎那間病房內悲慘氣氛減至最低，完全像朋友閒聊一樣。

祖母不語。

承歡看到她的頭輕輕一側，往後仰去。

承歡警惕地喚：「祖母，祖母。」

看護本來正打算離開病房，聞聲轉過頭來，迅速把住病人的脈，另一手去探鼻息。

她訝異地說：「老太太去了。」

承歡十分歡喜，這真是天大的福氣，這叫做無疾而終，一點痛苦都沒有，親人侍候在側，閒話女性必須有錢傍身，然後一口氣不上來，就悄然而逝。

她輕輕說：「按照華人的說法，我祖母前生必定做過什麼好事來。」

連年輕的看護都說：「是，我相信。」

承歡站起來，她已完成送終的大業。

她輕輕走出醫院。

在大門外等車，她看到一名臃腫的少婦正與家人等車，手中珍如拱璧般抱一新生兒。

承歡過去探頭一看，那幼嬰紫紅臉皮，小小面孔如水晶梨般大小，聞聲睜開黑白分明的眼睛來。

承歡笑了。

醫院真是天底下最奇特的地方，生與死之重頭戲都在這座劇場內演出。

承歡讓他們母子先上車，她搭隨後那輛。

她直接回辦公室，先用電話與父母聯絡，然後照常處理公務。

辛家亮過來與她談過十分鐘。

「父親與母親攤牌，要求離婚。」

承歡問：「辛伯母怎麼說？」

「她立即答允。」

啊，承歡對辛伯母刮目相看。是她狗眼看人低，老覺得辛太太不學無術，躭於逸樂，未料到她遇大事如此果斷。

她語氣充滿敬佩，「君子成人之美。」

「承歡，你似乎不知事態嚴重，她分了財產決定往外國生活，那些錢永遠歸不到你同我手上。」

承歡笑笑，「我從來不覬覦他人錢財。」

辛家亮說：「在這件事上我與你有極大歧見。」

「家亮，我同你已有屋有田。」

辛家亮看看錶，「我要回公司開會，散會再說。」

可是那個下午，有一位歐陽律師打電話來傳承歡過去接收遺產。

承歡真沒想到祖母會老練能幹得懂得僱用律師。

她聽清歐陽律師公佈遺產內容，不禁怔住。

「——銅鑼灣百德新街海景樓三樓甲座公寓一層、北角美景大廈十二樓丙座公寓一層，另滙豐股票——」

承歡一點都不感激這個祖母。

匪夷所思，這麼些年來，她住在養老院內一直冷眼看他們一家四口為生活苦苦掙扎，從不加以安慰援手。

承歡鐵青着臉，有一次她險險失學，祖母見死不救，由得麥來添四出借貸，幸虧張老闆大方慷慨，樂善好施，幫麥家渡過難關。

這老太太心腸如鐵，帶着成見一直到陰間去。

承歡待律師宣佈完畢，問道：「我什麼時候可變賣產業？」

律師答：「待繳付遺產稅後約一年光景吧。」

「我已決定全部套現。」

「我們可以代辦。」

「好極了。」

「估計麥小姐可獲得可觀利潤，財產接近八位數字。」

承歡露出一絲笑容。

真是意外。

她站起來道謝，麥承歡中了彩票呢，多麼幸運，她離開律師寫字樓，立刻去找毛詠欣。

好友在會議室，她在外頭等，拿着一杯咖啡，看窗外風景。

祖母那樣討厭他們，終於還是把麥家的產業歸於麥家，所以二世祖們從來不怕得不到遺產。

承歡在心中盤算，第一件事是置一層像樣的公寓讓父母搬出廉租屋。

把那種第十四座十八樓甲室的地址完全丟在腦後，換一個清爽大方的街名大廈名。

她微微笑。

毛詠欣一出會議室看到她：「承歡，你怎麼來了？」

連忙與她進房間坐下。

一邊關懷地問：「最近犯什麼太歲，為何發生那麼多事？」

「也沒什麼，還不是一樁樁應付過去，一天只得廿四小時，日與夜，天天難過天天過。」

「說得好。」

「詠欣，多謝你做我的好友。」

毛詠欣十分詫異，「喲，這話應當由我來講。」

承歡告辭返回辦公室。

同事對她說：「一位辛先生找了你多次。」

承歡猛地想起她與辛家亮有約。

電話接通了，辛家亮訴苦：「我已決定送一隻寰宇通給你。」

承歡只是陪笑。

「出來開解我，我情緒極之低落，希望有人安撫。」

承歡遺憾地說：「還是做孩子好，不開心之際喉嚨可以發出海豹似的嗚咽，接着豆大眼淚淌下臉頰，絲毫不必顧忌。」

辛家亮說：「真沒想到我會成為破碎家庭的孩子。」

承歡嗤一聲笑出來。

破碎的家庭怎麼樣她不知道，可是麥家經濟情況一向孱弱，也像隨時會得崩潰，承歡提心吊膽，老是希望可以快點長大，有力氣幫這個家，一踏進十五歲，立刻幫小學生補習找外快，從不缺課，因長得高大，家長老以為她有十七歲，她一直懂得照顧自己。

「你應當慶幸你已經長大成人。」

辛家亮承認這點，「是，這是不幸中大幸。」

「下班在樓下見。」

他們初次見面也下大雨，承歡為建築署新落成文娛大樓主持記者招待會。記者圍住助理署長問個不休，矛頭指向浪費納稅人金錢的大題目之上，那名官員急得冒汗，一直喚：「承歡，承歡，你過來一下。」命她擋駕。

簡介會終於開始，辛家亮上台介紹他的設計，承歡離遠看着他，嘩，真是一表人才，又是專業人士，承歡有點心嚮往之。

散會，下雨，他有一把黑色男裝大傘，默默伸過來替她遮雨，送她到地車站。

承歡第一次發覺有人擋風擋雨的感覺是那麼幸福。

他並沒有即刻約會她。

過兩日他到文娛館去視察兩塊爆裂的玻璃，躊躇半晌，忽然問：「麥承歡呢？」

文娛館的人笑答：「承歡不在這裏上班，承歡在新聞組。」

他呵了一聲。

這件事後來由同事轉告承歡。

又隔了幾個星期，他才開始接觸她。

開頭三個月那戀愛的感覺真不可多得，承歡如踏在九重雲上，早上起來，對着浴室那面霧氣鏡理妝，會得咯一聲笑出聲來。

今天。

今天看得比較清楚了。

那個溫文爾雅的專業人士的優點已完全寫在臉上，沒有什麼好處可再供發掘。

最不幸是承歡又在差不多時間發現她自己的內蘊似一個小型寶藏。

他在樓下等她，用的還是那把黑色大傘。

「祖母去世有一連串事待辦。」

這是辛麥兩家的多事之秋。

不提猶自可，一提發覺初秋已經來臨，居然有一兩分涼意。

「婚期恐怕又要延遲了。」

「那麼，改明年吧。」

「好主意。」

「起碼要等父母離了婚再說。」

好像順理成章，其實十分可笑，兒子不方便在父母離婚之前結婚。

傘仍然是那把傘，感覺卻已完全不同。

雨下得極急，倘若是碧綠的大草地，或是雪青的石子路，迎着雨走路是一種享受。

可是這是都會裏一條擁擠骯髒的街道，憤怒煩躁的路人幾乎沒用傘打起架來，你推我撞，屋簷上的水又似麵筋那樣落下。

承歡歎口氣，「我們分頭辦事吧。」

辛家亮沒有異議。

待過了馬路，承歡忽然惆悵，轉過頭去，看到辛家亮的背影就要消失在人群中。

她突然極度不捨得，追上去，「家亮家亮」，手搭在他肩膀上。

辛家亮轉過頭來，那原來是個陌生人，見承歡是年輕美貌女子，也不生氣，只笑笑道：「小姐你認錯人了。」

承歡再在人群中找辛家亮，他已消失無踪。

她頹然回家。

接着的日子，麥承歡忙得不可開交，在承早的鼎力幫忙下，姐弟二人把祖母的事辦得十分體面。

牧師來看過，抱怨說：「花圈不夠多。」

承歡立刻發動同事參與，又親自打電話給張老闆報告消息，亦毫不避嫌，託毛詠欣想辦法。

結果三四小時內陸續送到，擺滿一堂。

承早悄悄說：「好似不大符合環保原則。」

承歡瞪他一眼，「噓。」

到最後，麥太太都沒有出來。

承歡也不勉強她。

麥來添想勸：「太太，你——」

他妻子立刻截住他：「我不認識這個人，此人也從來不認識我。」

承歡覺得真痛快，做舊式婦女好處說不盡，可以這樣放肆，全然無須講風度涵養，只要丈夫怕她，即可快意恩仇，恣意而行。

麥太太加一句：「我自己都快要等人來瞻仰遺容。」

出來做事的新女性能夠這樣胡作妄為嗎。

這個小小的家雖然簡陋淺窄，可是麥劉氏卻是女皇，這裏由她發號施令，不服從者即係異己分子，大力剷除，不遺餘力。

她最終沒有出現。

承早說：「姐，如今你這樣有錢，可否供我到外國讀管理科碩士。」

「你才剛開始修學士學位，言之過早。」

「先答應我。」

「我幹嗎在你身上投資，最笨是對兄弟好，弟婦沒有一個好嘴臉，大嫂雖然不好相處，到底年紀大，還有顧忌，弟婦是人類中最難侍候的一種人。」

「太不公平了，你我都還不知道她是誰。」

「我會考慮。」

承早說：「真奇怪，人一有錢就吝嗇。」

「咄，無錢又吝嗇些什麼。」

電梯上遇見鄰居陶太太戚太太，都問：「承歡，快搬出去了吧。」

承歡陪笑不已。

「人家是富戶了，這裏是廉租屋，大把窮人輪不到苦。」

「陶太太，你也是有樓收租之人，你幾時搬？」

電梯門一打開，承歡立刻急急走出。

兩位太太看着她的背影。

「麥承歡的婚事取消了。」

「為何這般反覆？」

「好像對方家長嫌麥來添職業不光彩。」

「啊。」

什麼謠言都有人願意相信。

承歡獨自站在走廊上，是，立刻要搬走了，有無戀戀之意？一點都沒有。自幼住在這大雜院般的地方，嘈吵不堪，每一位主婦都是街坊組長，不厭其煩地擾人兼自擾。

承歡願意搬到新地頭去，陌生的環境，鄰居老死不相往來。

即使夜半聽到有人尖聲叫救命，也大可戴上耳塞繼續照睡可也。

她興奮地握着拳頭，願望馬上可以實現了。

承歡看到母親靠在門口與管理員打探：「丙座將有什麼人搬進來？」

承歡覺得難為情，把母親喚入室內。

「不要去管別人的事。」

「咄，我問問而已。」

承歡忽然惱怒，「媽，一直教了你那麼多年，你總是不明白，不要講是非，不要理閒事！」

麥太太一怔，「你這是什麼意思？」

「並非每個主婦都得東家長西家短那樣過日子，甄太太與賈太太就十分斯文。」

麥太太笑，「你趕快搬走吧，這個家配不起你。」

承歡見她笑，立刻噤聲，不再言語。

承歡最怕母親對牢她笑。

電話鈴幫她打開僵局。

對方是辛家麗，開口便說：「悶死人了，要不要出來聊天？」

正中承歡下懷，「什麼地方？」

「舍下。」

「我廿分鐘可到。」

承歡白天來過家麗的寓所，沒想到晚上更加舒適。

通屋沒有頂燈，座燈柔和光芒使女性看上去更加漂亮。

「某君呢？」承歡笑問。

「出差到紐約已有一月。」

「那麼久了？」承歡有點意外。

家麗訴苦，「又不能不讓他做事，況且，我也不打算養活他，可是一出去，就跑到天邊那麼遠。」

承歡不語。

「從頭到尾，我吃用均靠自己，可是動輒夫家跑一大堆人出來，抱怨我不斟茶倒水，我連我娘都沒服侍過，怎麼有空去侍候他們。」

承歡說：「不要去睬他們。」

「可是漸漸就成陌路。」

「很多人都同夫家親戚相處不來。」

「將來有什麼三長兩短可是個罪名。」

承歡溫和地說：「顧不了那麼多，刻薄的婆婆自然會碰到更刁鑽媳婦，把她活活治死。」

「承歡，你真有趣。」

「這是一個真的故事，我有一女友品貌不錯，訂婚後未來婆婆對她百般挑剔，不喜她離過一次婚，非鬧得人知難而退不可，臨分手，這老太太居然說：『××，命中有時終須有，命中無時莫強求』。」

家麗笑得打跌，「有這種事，結果那家人娶了誰做媳婦？」

承歡感喟，「結果不到一年，老太太又四處宣揚兒子婚後一千八百都不再拿到家裏。」

「碰到更厲害的腳色了。」

「多好，惡人自有惡人磨。」

「可不是，命中有時終須有，被老太找到更好的了。」

家麗捧出龍蝦奶油湯及蒜茸麵包。

「家麗，記住，無論發生什麼，這段日子仍是你我生命中最好的幾年。」

「真的，再下去就無甚作為了。」

二人對着大吃大喝。

「你與家亮之間究竟如何？」

承歡苦笑，「這上下還有誰有空來理我們的事。」

家麗亦黯然，「家父正式與那朱小姐同居了。」

「他似乎很珍惜這段感情。」

「因為他相信對方對他無所圖。」

「他們會結婚嗎？」

「我相信會。」

「會再生孩子嗎？」

「那位朱小姐，不像是個怕麻煩的人。」

「那多好，孩子一出生就有大哥哥大姐姐。」

「承歡，你的字典裏好似沒有憎恨。」

「家麗，你會討厭任何人的小孩子嗎？」

「幼兒無罪。」

「可不是！」

她們二人舉杯。

「你同家亮——」

承歡終於不得不承認：「已經告吹。」

「不會吧。」家麗無限惋惜。

承歡低下頭。

「我見他最近精神恍惚，故問。」

承歡微笑，「他是擔心父母之事。」

「你們之間有無人離間？」

「我沒有，相信他也沒有，大家被最近發生之家事打沉。」

「那更加應該結婚。」

承歡笑，家麗把結婚看成一帖中藥，無論怎樣都該結婚調劑一下，精神怠倦，生活乏味，結婚這件事怡情養性，止渴生津。

因為她出身好，此刻且已分了家，無後顧之憂，什麼人愛見，什麼人不愛見，都聽她調排。

承歡身份不一樣，她不能貿貿然行差踏錯，你別看這都會繁華進步得要命，骨子裏不中不西，不新不舊，究竟在一般人心目中，小姐比太太吃香，還有，如可避免，千萬別做婚姻失敗的女士。

麥承歡沒有資格不去理會別人說些什麼。

家麗忽然說：「……如果非看得準才結婚，可能一輩子結不了婚。」

承歡微笑。

「你對家有什麼憧憬？」

承歡精神來了，對這個問題，她可不必吞吞吐吐，她可以直爽地回答。

「洗手間要寬大，放着許多毛巾，白色的廚房裏什麼廚具都有，可是只煮煮開水與即食麵，環境寧靜，隨時一眠不起……」

家麗拍拍她肩膀，「我以為你會説只要彼此相愛，一切不是問題。」

「被生活逐日折磨，人會面目全非。」

看母親就知道了，承歡心中無限惋惜，她開頭也不致於如此乖張放肆。

承歡看看鐘，「我要告辭了。」

「謝謝你來，以後我們可以多多見面。」

承歡嘴裏應允，心中知道勢不可能，她有自己圈子，自己朋友，學習與家麗相處，不外是因為辛家亮的緣故。

回到家樓下，看到一對年青男女在陰暗處相擁親熱。

承歡匆匆一瞥，十分感喟，俊男美女衣着光鮮在豪華幽美的環境裏接吻愛撫堪稱詩情畫意，可是在骯髒的公眾場所角落動手動腳就是慾火焚身。

無論什麼時候社會都具雙重標準。

與律師聯絡過，承歡開始去看房子。

承早跟着姐姐，意見十分之多，他堅持睡一房，可以關起門來做功課，如果家裏夠舒服，他情願走讀，不住宿舍。

弟弟多年來睡客廳，一張小小尼龍床，他又貪睡，週末大家起來了他猶自打鼾，大手大腳地躺着，有礙觀瞻，一點私隱也無，極損自尊。

殘暴的政權留不住小民，破爛的家留不住孩子。

承歡很想留下弟弟，故帶着他到處看。

「這間好，這間近學校，看，又有花槽，可以供母親大展身手。」

「可惜舊一點。」

「價錢稍微便宜。」

「你倒是懂得很多。」

「你與經紀去喝杯茶，我馬上接母親來看。」

「父親呢？」

「不必理會他的意見。」

「那不好，房子將用他母親的遺產買。」

「那不真是他的母親。」

承早一臉笑意，歪理甚多。

承歡只得說：「此刻無處去找父親，你先把媽媽接來。」

那房屋經紀勸說：「麥小姐，你要速戰速決，我下午有客人來看這層房子。」

承歡駭笑，「不是說房產低潮嗎。」

「低潮才容你左看右看，否則看都不看已有人下定。」

姐弟倆經一事長一智，面面相覷。

片刻麥太太到了，四處瀏覽過，只是不出聲。

承歡觀其神色，知道母親心中滿意，可是嫌是用祖母遺產斥資所買，兩個女人不和幾達半個世紀。

承歡暗暗歎息，她們老式婦女真正想勿穿，換了是麥承歡，一早笑容滿臉，沒口價讚好，世界多艱難，白白得來的東西何等稀罕，還嫌什麼？

這是至大放肆，有恃無恐，反正女兒不會反臉，能端架子焉可放過機會。

承歡再瞭解母親沒有了。

可是這性格瑣碎討厭的中年婦人卻真正愛女兒，她是慈母。

承歡堆着笑問：「如何？」

麥太太反問：「只得兩房，你又睡何處？」

承歡答：「我另外住一小單位。」

「分開住？」

承歡頷首。

「不結婚而分開住，可以嗎？」

「當然可以。」

「人家會說閒話。」

承歡指指雙耳，「我耳膜構造奇特，聽不到閒言閒語，還有，雙眼更有神功，接收不到惡形惡狀的文字與臉譜。」

麥太太歎口氣，「我想，時代是不一樣了。」

經紀見她們母女談起時勢來，不耐煩地提點，「喜歡就好付定洋了。」

這時麥來添也氣呼呼趕到。

承歡大喜，「咦，爸，你怎麼來了？」

「承早打汽車電話叫我來，這是什麼地方？」

他一看到一角海景，已經心中歡喜，走到窗前去呼吸新鮮空氣。

承歡便對經紀說：「我寫支票給你。」

就這樣敲定了。

承早高興得跳起來。

姐弟到飲冰室聊天。

「祖母早些把錢給我們就好了。」

「也許，那時我不懂經營，反而不好。」

才說兩句，有一少女走進來，兩邊張望。

承早立刻站起來。

少女直髮，十分清秀，承早介紹：「我姐姐，這是我同學岑美兒。」

噫，好似換了一個。

那女孩十分有禮，微微笑，無言，眼神一直跟着承歡。

承歡立刻有三分喜歡，這便是莊重。

有許多輕浮之人，精神永不集中，說起話來，心不在焉，呵欠頻頻，眼神閃爍，東張西望，討厭之至。

承早愉快地把新家地址告訴女友。

承歡說：「你們慢慢談，我有事先走一步。」

她看房子的工程尚未完結。

公寓越小越貴，承歡費煞躊躇。

毛詠欣拍拍胸口，「幸虧幾年前我咬咬牙買了下來，否則今日無甚選擇。」

承歡說：「真沒想到弄個窩也這麼難。」

「全世界大城市均不易居。」

「可是人家租金便宜。」

毛詠欣納罕問：「人家是誰？」

承歡一副做過資料調查的腔調，「像溫哥華，六十萬加幣的房子只租兩千二。」

「你這個人，那處的一般月薪只得千三四元！」

承歡吃驚，「是嗎？」

「千真萬確，我一聽，嚇得不敢移民。」

承歡感慨，「世上無樂土。」

「買得起不要嫌貴，速速買下來住，有瓦遮頭最重要，進可攻退可守。」

「毛毛你口氣宛如小老太婆。」

毛詠欣冷笑一聲，「我還勸你早日跟我多多學習呢，瞎清高，有得你吃苦，才高八斗，孝悌忠信有個鬼用，流離失所三五年後，也就形容猥瑣，外貌憔悴。」

承歡有點害怕，她怔怔地盤算，照詠欣這麼說，世上最重要的事竟是生活周全。

毛詠欣見她面色大變，笑笑說：「你不必惶恐，你處理得很好。」

「我從來不懂囤積投資炒賣什麼。」

「可是你有個知情識趣的祖母。」

承歡笑出來。

父母開始收拾雜物搬家，承早看了搖搖頭，發誓以後謹記無論什麼都即用即棄。

承歡大惑不解，「媽，你收着十多隻空洗衣粉膠桶幹什麼？」

麥太太答辯：「你小時候到沙灘玩就是想要膠桶。」

「媽，現在我已經長大，現在家中用不到這些垃圾。」

「對你們來說，任何物資都是垃圾，不懂愛惜！」

麥來添調解，「五十年代經濟尚未起飛，破塑膠梳子都可以換麥芽糖吃。」

承歡大奇，「拿到何處換？」

麥來添笑，「自有小販四處來收貨。」

「真有此事？」

「你這孩子，你以為這城市一開埠就設有便利店與快餐店？」

麥太太說：「那時一瓶牛奶一隻麵包都有人送上門，早餐時分，門口有賣豆漿小販。」

「那倒是場面溫馨。」

麥太太說下去：「窮得要命，一塊錢看得磨盤那樣大，我還記得一日早上沒零錢，父親給我一塊錢紙幣，囑我先買一角熱豆漿，購買方式十分奇特，他有一隻壺，裏邊先打一隻生雞蛋，拎着去，澆上豆漿，回到家雞蛋剛好半熟，十分美味——」

承歡奇問：「一隻雞蛋？」

「他一個人吃，當然一隻蛋。」

「小孩吃什麼？」

「隔夜泡飯。」

承歡駭笑，「這我不明白了，把女兒當丫環似支使出去買早餐，完了他自己享受，小孩反而沒得吃？」

「正確。」

「外公這個人蠻奇怪。」

麥太太道：「你聽我說下去，我自小就笨，一手抓着一塊錢，另一手拎着壺，一不小心，竟摔了一跤，壺傾側，我連忙去看雞蛋，蛋白已經流了一地，幸虧蛋黃仍在，連忙拾起壺，心突突跳，趕到小販處，要一角錢豆漿，小販問我拿錢，我說：『我不是給了你一塊錢』？小販說沒有，我嚇得頭昏眼花，連忙往回找，唉，果然，那塊錢扔在路邊居然還在，原來拾雞蛋時慌張，顧此失波，把紙幣失落。」

「可憐，」承歡嚷：「彼時你幾歲？」

麥太太微笑：「九歲。」

「怎麼像是在晚娘家生活？」

麥來添訝異，「我從來沒聽過這故事。」

他妻子說：「因我從來不與人說。」

「一切都過去了，媽媽。」

「你且聽我說完。」

「還有下文？」

「我把豆漿提回家中，如釋重負，誰知我父親吃完早餐，眼若銅鈴，瞪着我罵：『雞蛋為何只剩半隻？』怪我偷吃。」

承歡愣住。

麥太太輕輕說：「我一聲不響，退往一邊，幾十年過去了，我沒有忘記此事。」

承歡大惑不解，「可是你一直照顧他，直到他去世。」

麥太太點點頭，「常罵我窮鬼窮命，討不到他歡心。」

承歡更加不明，「為何要他歡喜？」

麥來添笑笑，「承歡你不會瞭解，那是另外一個世界。」

承歡吁出一口氣，「爸，多謝你從來不叫我替你買早餐。」

麥太太笑，「他天天替你買薯條，我們這一代最吃虧。」

麥先生說：「兒童地位是日漸提升了。」

「還有許多黑暗事。」

麥先生勸說：「算了，小時總由他養活。」

承歡搖頭，「叫小孩去買早餐，真虧他想得出來，他的口福比小孩的自尊更重要。」

麥太太終於說：「這些塑膠桶無用，丟掉吧。」

環境好了，垃圾房什麼都有，整件傢具，冬季用過的尼龍被，統統懶得收，扔掉第二年重買，人人如此，不覺浪費。

一直到第二天，承歡猶自不能忘記母親童年時那隻雞蛋。

她問好友：「毛毛，你會不會叫孩子出力你享福？」

毛詠欣說：「所以令堂脾性怪些你要原諒她。」

承歡歎口氣，「我從未想過會不原諒她。」

承歡自己的小公寓也佈置好了，她回辛家亮的家去拿東西。

自然預先知會過屋主，去到那裏，發覺物是人非，承歡坐在床沿，無限感慨。

若不是母親節外生枝，推延婚期，兩人一早出發去度蜜月了。

母親其實亦秉承外公那一套，只不過她沒有叫女兒去買早餐，她叫女兒去辦酒席，都是違反子女意願施展父母特權犧牲孩子使自己得益。

承歡輕輕對自己說：「我不會直接或間接左右子女。」

發完誓心中舒服不少。

她拎起行李，剛想走，有人按門鈴，原來是辛家亮。

他特來照呼她：「喝杯茶。」

家麗買了許多檸檬香紅茶包，此刻還是第一次用。

家亮斟一杯給承歡，忽然有點落寞，「現在，」他說：「我是一個有過去的男人了。」

承歡笑得落下淚來。

她安慰他：「不要擔心，某同某，各離婚三次與兩次，在社交場所照樣受歡迎。」

「家母已往倫敦去小住。」

「你們辛家倒是喜歡霧都。」

「比北美洲幾個城市略有文化。」

「辛伯伯好嗎？」

「他已完全康復，外貌與衣着均被朱女士改造得十分年輕。」

承歡莞爾，這是女性通病，男人在大事上影響她們，她們便在小事上回報。

「她可有叫辛伯伯染髮換牙？」

「都被你猜到了，擺佈他一如傀儡。」

「言重了，她也是為他好，打扮得年輕點無可厚非。」

辛家亮說：「印刷廠生意好得不得了，最近有份新報紙出版，已與他簽下合同。」

「那多好。」

辛家亮舊調重彈：「可是辛志珊往後的財產，都與我無關了。」

承歡沒好氣，「你再說這種話，我必與你絕交。」

「對，你從來沒看得起過我。」

「神經病。」

辛家亮微笑，「仍然肯這樣親暱地罵我，可見還是有感情。」

「來，幫我把箱子扛下樓。」

司閽看見他們，連忙笑着招呼：「辛先生辛太太，怎麼還未搬進來？」

承歡想，也許明年後年，他會發覺，那辛太太，不是她。

辛家亮如果願意，很快會找到新歡，女性仍然溫馴，嚮往一個家，盼望受到保護，男性只要願意付出，不愁沒有伴侶。

在停車場，承歡與辛家亮擁抱一下。

辛家亮沒有放開她的意思。

他幾乎有點嗚咽，「讓我們從頭開始。」

「有此必要嗎？」

「我願意。」

也好，現在她亦有自己的家，彼此來往比較方便，也並不是貪圖他什麼。

祖母的遺產提升了承歡的身份。

所以在舊時，有能力的父母總是替女兒辦份豐盛的妝奩，就是這個意思。

「承歡，我約你下星期三。」

承歡躊躇，「星期三我好像有事。」

「從前你未試過推我。」

「那時我不成熟。」

「你有什麼事？」

承歡拍拍他肩膀笑道：「我的事多着呢。」

她拎起行李下樓。

兩人都明白，若要從頭開始，不如另起爐灶。

不過，他們是少數事後仍然可以做朋友的一對情侶。

將來，辛家亮的伴侶在偶然場合見到麥承歡，會得立刻用手圈着辛家亮臂彎，並且稍微酸溜溜地說：「是她嗎？」

想到此處，承歡笑了。

那個女子一定長得比較嬌小白皙，有一張秀麗的小圓臉。

「在想什麼？」

承歡毫不隱瞞，「我們之間的事。」

辛家亮充滿惋惜，「要不是父親的緣故，我們早就結婚了。」

不知緣何有這麼多阻滯，年輕人又容易氣餒，一遲疑便跟不上腳步。

搬遷之前麥太太請鄰居吃飯，就在走廊裏架起枱椅，熱鬧非凡。

人人都假裝熱誠，紛紛向承歡詢問婚禮改期原因，承歡不慌不忙對眾太太們解釋：「祖母突然去世了。」

這次搬家，感覺同移民差不多，有悲有喜。

霎時間離開這一群街坊組長，自然有點不捨得，以後一切榮辱都不再有人代為宣揚，何等寂寞。

可是，另一方面，又有飛上枝頭的感覺，嚮往新生活，像那些初次接觸西方民生的新移民，一點點小事樂半日：「哎唷，外國人叫我先生呢，外國人對我道早安呢……」

對，麥太太心情完全一樣。

搬家之事佔據了她的心，終於輪到她飛出這狹小的天地。

在過去廿年內，一家接一家搬走，有辦法的如許家李家只住了兩三年，便匆匆離去，電話都沒留一個，從此消失。

就是他們麥家，長駐此邨，一直不動。

陶太太說：「我們做了十年鄰居，看着承歡與承早長大。」

「有空到我們新家來。」

陶太太很坦白，「我的孩子還小，哪裏走得開。」

麥太太心想：我也不過是客套而已，你不必認真。

承早在小露台上把一株株植物小心翼翼地挖起栽進花盆裏。

承歡問：「這種綠色肥潤有點像仙人掌似的植物到底叫什麼？」

「這叫玉蓮，那叫流浪的猶太人，一粒粒的叫嬰兒的眼淚。」

「你倒知之甚詳。」

「都很粗生，要有陽光，泥土疏爽，偶而淋水即可。」

承歡忽然說：「同華人一樣。」

承早笑，「文科生到底是文科生，聯想豐富，感慨甚多。」

「是媽叫你把它們搬到新居？」

「媽興奮過度，不記得這些了。」

「那麼，是你的意思。」

「正是。」

「啊，這樣念舊。」

「信不信由你，我有點不捨得這裏。」

「你在這裏出生，承早，我記得爸爸抱你回來的情形，小個子，一點點，哭個不停，媽一直躺着，十分辛苦，只能喝粥水。」

「咄，你才三兩歲，如何記得。」

「大事還是心中有數。」

「且問你，在這裏之前，我們又住何處？」

「不記得了。」

麥來添走進來，「那時租人一間房間住，我在張老闆的公司裏做信差。」

承歡問：「在什麼地方？」

「早就拆掉了，現在是鰂魚涌至大的商場。」

「為什麼叫鰂魚涌？」

「整個城市一百年前不過是個崎嶇的漁港，不外是銅鑼灣、筲箕灣那樣亂叫，並無正其名。」

「你看，無心插柳柳成蔭。」

麥來添頷首，「可不是，誰會想到祖母會把遺產給承歡。」

承早說：「姐姐夠圓滑。」

「不，祖母說我長得像祖父。」

麥來添端詳女兒，「像嗎？」

這時麥太太滿面紅光進來說：「出來幫忙招呼客人好不好？」

父子女齊揚聲：「媽，你是主角，有你得了。」

仍然坐着閒話家常。

承歡問：「做信差，月薪幾多？」

「兩百八。」

「那怎麼夠用？」

「晚上兼職，替張老闆開車。」

承早稱讚道：「腦袋靈活。」

麥來添笑，「我根本沒有駕駛執照，彼時考一個執照並不容易，需枱底交易，不過張老闆交遊廣闊，拔刀相助。」

「那時她還是小姐吧。」

「嗯，年輕貌美。」

承早說：「聽說早三十年，打長途電話是件大事，需一早到電訊局輪候。」

麥來添承認，「真落後，不知如何熬過來。」

承歡微笑，這倒罷了，沒有傳真機與錄像機至多不用，至落後的是風氣。

要到八〇年政府機關開始創辦男女職員同工同酬，在這之前，同樣職級，女性薪酬硬是低數百元，並且婚後不得領取房屋津貼。

他們三人一直聊至鄰居散去。

承早取了一碟冷盤進來，與父親對飲啤酒。

麥太太訝異，「沒完沒了，說些什麼？」

「前塵往事。」

麥太太看着承歡，「你是想躲開那班太太吧。」

承歡點點頭。

麥來添說：「都是你，把她私事宣揚得通了天，叫她下不了台。」

麥太太不作聲，如今麥來添的地位也比從前好多了，麥太太相當容忍。

承歡連忙答：「沒有的事，我自己端張梯子，咚咚咚的就下台來。」

「搬走也好，」麥太太笑：「不必交代。」

麥來添說：「以後在街上也會碰見。」

麥太太忽然理直氣壯說：「距離太遠，見不了。」

承歡不禁笑，許多人移民到溫哥華，正沾沾自喜成為國際級人馬，誰知冷不防一日去唐人街吃火鍋，在店堂內看到所有人，包括十年前失散的表姐，十五年沒說話的舊情人，以及大小中仇人。

世界那麼小，怎麼躲得了。

第二天一早，搬運車就來了。

天晴，真託賴。

工人把一箱箱雜物抬出去。

承歡冷眼旁觀，只覺傢具與電器都髒且舊，它們在老家無甚不妥，一出街就顯得不配，這裏邊自然也有個教訓，承歡一時忙着指揮，無暇細想。

人去樓空，承歡與承早在舊屋中作最後巡視，沒想到搬空之後面積更小，難以想像四個大人如何在此擠了這麼多年。

新居要大一倍不止。

承早用手摸着牆壁，放桌子的地方有一條污垢。

承歡推一推他，「走吧。」

其實沒有什麼值得留戀。

承早說：「我們住在這個地方的時候，也不是不快樂的。」

「當然，隨遇而安嘛。」

姐姐拉着弟弟的手，高高興興關上門。

她忘了一件事。

她沒有告訴辛家亮，今日搬家。

麥太太步入新居，興奮得淚盈於睫。

承歡溫柔地對母親說：「灰塵吹到眼中去了。」

麥太太忙用手去揉雙目，承歡掏出濕紙巾，替母親拭去淚印。

很久沒有如此近距離注視母親的臉，眼角皺紋深得一個個褶，抹都抹不開，顴骨上統是雀斑，似一片烏雲遮着皮膚，蒼老？自然，人人都會老，不稀奇，但這更是多年粗糙生活的結局。

承歡心中一陣難過，一個人享福與吃苦，有很大分別。

麥太太卻說：「好了，還在抹什麼。」

承歡這才怔怔地停下手來。

麥太太跑去躺在新床上，半掩門，背着眾人。

承歡看到母親熟悉微胖身形，她習慣側身睡，那樣她可以護着懷內嬰兒，凡是做母親的睡姿都一樣，用整個背脊擋着世界，萬一有炮彈下來，先犧牲的也是她，可保住孩兒性命。

承歡可以想像當年她也曾躺在母懷裏側，安然入睡。

傢具大致安放好，工人收了小費，便紛紛散去。

承早把一箱箱書抬進房中放好。

他說：「嘩，終於有自己的房間了，今年已足足十九歲。」

承歡不語。

在這擠逼昂貴的都會中，自小要享有私人空間是何等奢侈之事。

承早扮一個鬼臉，「遲總比永不好。」

承歡看着他笑。

「祖母其實一早住在療養院裏，財產用不着，為什麼不早些發放給我們？」

承歡分析：「老人習慣抓住權力，財產乃是至大權勢。」

承早頷首。

「再說，她得來這些也不容易，活着，說不定有一日用得着，怎麼肯放下來。」

「那倒是真的，再問你們討還，可就難了。」

「不過，居然積存那麼多，也真虧她。」

承早訕笑，「說是錢，其實都是父親童年與少年時的歡樂：一雙鞋、一件玩具，一本新書……都給剋扣起來成為老人的私蓄。」

承歡想起來，「爸一直說，他小時候老希望有一雙老式滾軸溜冰鞋，可是祖父母無論如何沒有買給他。」

「看，所以這筆財產其實屬於他。」

「也好，屬於延遲歡樂。」

麥太太打理廚房，給子女倒兩杯茶，聽見他們嘟嘟囔囔有說不盡的話，甚為納罕。

「姐弟倒是有說不光的話題，我與手足卻無話可說。」

承歡別轉頭來，「那是因為有人離間，」她笑，「趁離間承早與我的人尚未入門，先聊了再說。」

承早聽懂了，因說：「我的女伴才不會那麼無聊。」

「嘿！」

「現在女孩子多數受過教育有工作富精神寄託，妯娌間比較容易相處。」

承歡擠眉弄眼，「是嗎？」

承早推姐姐一下，把籃球塞到她懷中，「又不見你去離間人家姐弟感情。」

承歡不屑，「我怎麼會去做這等傷天害理之事，我決不圖將他人之物佔為己有，我要什麼，問老闆要，問社會要。」

承早笑，「我的女伴也一樣有志氣。」

麥太太說：「那真是我們麥家福氣，麥家風水要轉了。」

語帶些微諷刺之意，可是他們姐弟並不介懷。

承歡想徵詢父親意見，他卻在露台上睡着了。

脫剩汗衫短褲，仍然用他那張舊尼龍床，臉上蓋本雜誌，呼吸均勻。

承歡輕輕走到父親身邊，憐惜地聽他打鼾。

如果一下子嫁出去，必定剝奪了與他相處的時間，她需要更多的時間與父母相親，她不急於成為他人的母親。

這不是一對不能相處的父母。

不易，但並非不能。

承歡忘記告訴辛家亮她搬了家。

辛家亮三天後找上寫字樓來，無限訝異。

「你想擺甩我？」

承歡吃驚，莫非下意識她真想那麼做。

「看你那百詞莫辯的樣子。」

「我忙昏了頭了。」

「一個新發財突然發覺無法用光他的錢財之際會得神經錯亂。」

「對不起，我承認過錯。」

「麥承歡，你已比政府大部份高官聰明。」

「謝謝。」

「我撥電話，線路未通，何故？」

承歡期期艾艾，「號碼好似改了。」

「上樓去找，但見人去樓空，油漆師傅正在髹油。」

「對不起。」

「你聽聽，一句對不起就誤我一生。」

承歡見他如此誇張，知道無恙，反而微笑，「終身誤是一首曲名。」

辛家亮看着她，歎口氣，「我拿你沒轍。」

「找我有要緊的事嗎？」

「我想與你商量一件事。」

「請說。」

辛家亮吸進一口氣，「我想恢復約會異性。」

承歡聽了，高高興興地說：「請便。」

「你不介意？」

別說麥承歡真不介意，她若介意，行嗎。

「恭祝你有一個新的開始。」

辛家亮目光溫柔，「你也是，承歡。」

他走了。

真是個不動聲色的惡人，反而先找上門來告狀，怪她處事不妥當。

承歡那一日情緒在極之欷歔中度過。

傳說良久的升級名單終於正式發放。

承歡一早聽說自己榜上有名，可是待親眼目睹，又有種否極泰來、多年的媳婦熬成婆之感覺。

一大班同時升的同事剎那間交換一個沾沾自喜的眼神，如常工作。

升不上去的那幾個黯然神傷，不在話下。

心底把名利看得多輕是完全另外一回事，在這種競爭的氣氛下，不由人不在乎，不由人不爭氣，不由人不看重名利得失。

錯過這次機緣就落在後頭，看着別人順水推舟，越去越遠，還有什麼鬥志，還有什麼味道。

承歡僥幸，她不想超越什麼人，能不落後就好，至要緊跟大隊。

一位不在名單內的女同事說：「承歡你替我聽聽電話，我去剪個頭髮，去去晦氣。」

承歡只得應聲是。

自口袋摸出一顆巧克力放進口中，發覺味道特別香甜。

無論心中多高興都切勿露出來，否則就似偷到油吃的小老鼠了。

可是聲音有掩不住的明快。

臨下班接了一通電話。

「是承歡嗎，我是朱寶翹，有無印象？」

承歡要抬起頭想一想才知道她是誰。

現在辛家的人與事已與她沒有什麼大的關聯。

「是，朱小姐。」

對方笑着說：「想約你到舍下喝杯茶。」

「好呀，對，辛先生健康很好吧。」

「託賴，可養回來了，下午五時半我派車來接你如何？」

「沒問題。」

總有人得償所願。

朱寶翹在車子裏等麥承歡，接了人客吩咐司機往南區駛去。

她對承歡說：「辛先生有事到紐約去了。」

承歡一聽，覺得這口氣好熟，一愣，想起來，這活脫是從前辛太太的口角。

朱女士遞上一隻小盒子，「承歡，送你的。」

承歡連忙說：「我已與辛家亮解除婚約。」

那意思是，您不用爭取我的好感了，我已是一個不相干的人矣。

可是朱女士笑道：「我願意同你做朋友。」

承歡連忙說：「不敢高攀。」

「這樣說，不等於不願意嗎。」

承歡笑，「求之不得呢。」

兜了個大圈子，朱女士得償所願，歎口氣，「小時候你媽餵你吃什麼東西，把你養得那麼聰明。」

承歡詫異，「你真覺我還不算遲鈍？」

「端的是玻璃心肝，水晶肚腸。」

承歡不由得發了一陣獃，老實招供：「是慢慢學會的吧，窮家子女，不學得眉精眼企，善解人意，簡直不能生存，吃次虧學次乖，漸漸變為人精。」

朱寶翹聽了，亦深深歎息。

承歡訕笑，「小時候不懂，臉上着了巴掌紅腫痛不知道誰打了我，後來，又以為是自己性格不可愛，唉，要待最近才曉得，人欺人乃社會正常現象，我們這種沒有背景又非得找生活不可的年輕人特別吃虧。」

朱寶翹看着她，「你在說的，正是十年前的我。」

承歡有點意外。

「所以我特別感激辛先生。」

承歡深覺奇怪，辛志珊兩任妻子都尊稱他為先生，一剎時分不出誰是前妻誰是後妻。

漸漸朱寶翹在那個環境裏服侍那個人會變得越來越像從前的辛太太。

當然，她此刻年輕得多漂亮得多，日子過去，歲月無情，兩位辛太太的距離會日益接近。

車子駛抵辛宅。

承歡愕然，這間新屋與從前的辛宅不過是十分鐘路程。

「請進來。」

佈置當然簇新，海景極之可觀。

房子如果寫她的名字，朱寶翹下半生就沒什麼需要擔心的了。

承歡今非昔比，對於房地產價格，略知一二。

朱女士絕口不提辛家之事，真純與承歡閒聊。

「承歡，」她忽然問：「你有無遺憾？」

承歡啞然失笑，「一個人怎可能沒有遺憾。」

「說來聽聽。」

承歡岔開話題，「說三日三夜也說不完。」

「大不了是十八歲那年某男生沒有愛上你吧。」

承歡不甘心被小覷，便笑答：「不，不是這樣的。」

朱寶翹知道，如果她想別人透露心事，她先得報上一點秘密。

「我的至大遺憾是出身欠佳。」

「英雄莫論出身。」

「可是吃多多少苦頭。」

「那也不過栽培得你性格更加成熟老練。」

「還有，」朱寶翹說下去：「我們兄弟姐妹不親愛。」

「嗯，那倒是一項極大損失。」

「你呢？」

「我？」承歡緩緩道來，「我自小到今都希望家母較為通情達理。」

朱寶翹點點頭，「子女無從選擇。」

「還有，我假如長得略為美貌——」

朱寶翹睜大雙目，「還要更漂亮？」

好話誰不愛聽，承歡十分開心，朱女士又不必故意討她歡喜，可見說的都是真話。

「身段不夠好，穿起泳衣，不能叫人刮目相看。」

朱寶翹笑不可抑。

承歡卻不覺可笑，「那真是一項天賦，同英俊的男生一般叫人眼前一亮，你說是不是。」

「你的遺憾微不足道。」

「那麼，我懊惱世界沒有和平。」

她們大笑起來。

承歡看看錶，「我得告辭了。」

朱寶翹並無多加挽留，「我叫司機送你出去。」

「下次再找我，兩個人，聊聊天，我可以勝任，人多了我應付不來。」說得再坦白沒有。

「我明白。」

席開二十桌就不必找麥承歡了，不然淨是打招呼已經整晚過去，累死人。

返回市區，承歡鬆口氣，用鑰匙打開小公寓大門，立刻踢去鞋子，往沙發裏一倒。

要到這種時候才能讀早報，真是荒謬。

她扭開電視看新聞。

電話鈴響了。

是毛詠欣的聲音。

「讓我猜，一個人，邊喝冰水，邊看新聞，而前任男友已開始約會旁的女生，歡迎歡迎，歡迎麥承歡加入我們怨女行列。」她咭咭笑。

承歡問：「你很怨嗎，看不出來。」

「我在等壯男前來敲門把我帶到天之涯海之角去，」毛毛說：「我已不稀罕知識分子型異性，我寧擇年輕力壯肌肉型。」

「毛詠欣你越發鄙俗。」

毛詠欣不以為然，「事到如今，還有什麼話是不能說的。」

「這是真的，你若不釋放自己，沒有人能夠釋放你。」

詠欣乘機說：「今天我看到辛家亮與他的新女伴。」

承歡不動聲色，「是嗎，在何處？」

「在聖心教堂，一位朋友的婚禮上。」

「那女子長得可美？」

毛詠欣笑，「這通常是前度女友第一個問題。」

「快告訴我。」

「各人對美的水平要求不同。」

「胡說，漂亮就是漂亮。」

「你我都不會喜歡那種大眼睛小嘴巴。」

「為什麼？」

「太過小家碧玉，皮鞋手袋襯一套，深色絲襪，永恆微笑。」

承歡一怔。

這像誰？

毛詠欣說下去：「男人就是這樣，大學生找個中學生，中學生找小學生，一定要有優越感。」停一停，「喂，喂，你為什麼不說話？」

「沒什麼。」

毛詠欣勸說：「他遲早要約會別人，你也可以見別人。」

「不不，不是這個意思。」

「承歡，放開懷抱，從頭開始，我點到即止。」

她掛斷電話。

承歡急急去翻出舊照片簿。

也是一個婚禮，是初認識辛家亮之際他把她帶去的，新娘是他表姐。

在婚禮上拍了好些照片，承歡挑了幾張，珍藏在照相簿內。

看，小圓臉、大眼睛、小嘴巴、穿藍色套裝、白皮鞋（！）白手袋，話梅那樣顏色的絲襪，劉海一絲不亂……

承歡嗤一聲笑出來，這不是毛詠欣口中的小家碧玉嗎。

還有，嘴角永遠帶笑，有種喜不自禁，蒙受恩寵的意味。

原來辛家亮喜歡的人，一直是這種類型。

不知自幾時開始，麥承歡變了。

或許因有一夜要當通宵更，發覺白襯衫卡其褲最舒服，以後就不再勞駕套裝。

也許因有一日風吹亂頭髮同事反而讚她好看，於是以後她不再一絲不苟。

更可能是因為在工作崗位久了，發覺成績重要過外表，上司寫起報告來，名貴衣着不計分。

於是一日比一日改變。

到了今日，她瀟灑、時髦、爽朗，還有，非果斷不可，已不是那可愛依人的小鳥了。

承歡把她近照取出看。

那是獲悉升級之後一日在某酒吧內與同事拍攝的生活照。

麥承歡容光煥發，怎麼看都不似剛與未婚夫解除婚約，大動作，捧着啤酒杯，咧開嘴笑，雙目瞇成一條線。

感覺上比從前的她更年輕。

那是信心問題，她已毋須任何人來光照她，麥承歡本人已經亮光。

終於。

承歡倒在床上長長吁出一口氣。

幸運的她在原位上升了上去，駕輕就熟，比調升到陌生部門舒服十倍。

人怎麼沒有運氣，做官講官運，做太太講福氣。

一些幼兒，甫生下來，父母忽然收入大增，搬大房子置大車，享受硬是不同。

承歡覺得她的運氣已經轉佳，熬過窮困青少年期，漸入佳境。

她收好照片簿安然入睡。

新家地方雖小，五臟俱全，而且環境寧靜，不開鬧鐘，不會被任何雜聲吵醒。

雖然平伸手臂已幾乎可以碰到客廳兩面牆壁，可是承歡還是對小公寓珍若拱璧。

那是她生活荒漠中的小綠洲。

改天拿到房屋津貼再換一間大的。

真滿足。

第二天中午，接待處向承歡報告：「麥小姐，有人找你。」

承歡去一看，卻原來是承早。

女同事都向他行注目禮，這小伙子，進大學以來，益發顯得俊朗。

可是承歡是他姐姐，一照臉就知道他有心事。

「怎麼了？」

「有無咖啡與二十分鐘？」

「坐下慢慢聊。」

「姐，我已搬了出來。」

「幾時的事？」

「昨天。」

「又回宿舍去了？」承歡大惑不解。

「不，宿舍已無空額，我住朋友家。」

「承早，那非長久之計，緣何離家出走？」

「因母親蠻不講理。」

承歡力勸，「你知道媽媽個性，你答應過盡量遷就。」

「可是你走了以後，我已失去你這塊擋箭牌，現在她事事針對我，我真吃不消。」

「我置一個新家不外是想你們生活得舒服一些，為何不見情？」

「母親天天與我吵，且偷聽我所有電話。」

承歡微笑，「本縣也曾經此苦。」

「我記得有一次你補習學生來電告假，也受她查根問底，那十五歲的孩子嚇得立刻換老師。」

「你要記住，承早，她是愛你的。」

「不，」承早撥撥頭髮，「我已決定搬出來住。」

「到我處來。」

「你地方不夠，也不方便。」

承歡起了疑心，「你那朋友是誰？」

承早不答。

「又是男是女？」

「女子。」

承歡略為放心。

承早咳嗽一聲，「她是一間時裝店的老闆，育有一名孩子。」

承歡立刻明白了，「這是幾時發生的事，有多久了，你那些女同學呢，難怪母親要不高興。」

承早不語。

「你尚未成年，難怪她不開心。」

「母親的擔憂是完全不必要的，我知道自己在做什麼。」

承歡凝視弟弟，「是嗎，你知道嗎？」

「我承認你比我更懂得討父母歡心，可是你看你，姐姐，你統共沒有自己生活，一切為了家庭犧牲。」

承歡瞪大眼睛。

「若不是為着母親，你早與辛家亮結婚。」

「不，這純是我私人選擇。」

「是嗎，姐姐，請你捫心自問。」

承歡立刻把手放在胸前，「我心甘情願。」

承早笑了，「姐姐你真偉大。」

「搬出去管搬出去，有了女友，也可別忘記母親，天下媽媽皆嘮叨，並無例外。」

承早留下一個電話離去。

那日下班，承歡趕回家中。

只有父親一人在家看報紙。

承歡說：「承早的事我知道了。」

麥來添抬起頭來歎口氣。

「媽呢？」

「不知到何間廟宇吃素去了，她認為前世不修，應有此報。」

承歡啼笑皆非。

「你有無勸你弟弟？」

「我不知從何說起，他從前不是有好些小女朋友嗎？」

「他說那些都不是真的。」

「現在，他與那位女士同居？」

「可以那麼說，那位小姐還負責他的生活費以及學費。」

承歡發獃，坐下來。

「你母親說你弟交了魔苦運，這間房子風水甚差，她天天哭泣，無福享用。」

承歡問父親：「你怎麼看？」

「我只怕他學業會受到影響。」

「我也是，餘者均不重要，同什麼人來往，也是他的自由。」

麥來添不語。

承歡試探問：「是母親反應過激吧，所以把承早逼得往外跑。」

麥來添攤攤手，「可是我又無法不站在你母親這一邊，這個家靠她一柱擎天，在這個小單位內，她是皇后娘娘，這些年，她含辛茹苦支撐一切，我在物質上虧欠她甚多，如果還不能尊敬她，我就沒有資格做她伴侶了。」

換句話說，這幾十年來，他把妻子寵得唯我獨尊，唉，他也有他的一套。

承歡不由得說一句：「爸，君子愛人以德，很多事上，你該勸母親幾句，我們也好做得多。」

「我不是君子，我只是一名司機。」

勸人自律，是天下一等一難事，自然是唯唯諾諾，得過且過容易得多，麥來添焉有不明之理。

「早曉得，這個家不搬也罷。」

承歡啼笑皆非，做多錯多，承歡又一次覺得她似豬八戒照鏡子，兩邊不是人。

想要討得每個人歡心，談何容易。

麥來添接着又沒精打采地說：「我從來沒想過要搬家。」

「爸，承早這件事，同搬家沒有關係。」

麥來添抬起頭，「承歡，那你去勸他回來。」

承歡站起來，「我儘管試試。」

家裏所有難事，例必落在承歡身上。

她回家部署了一下，考慮了好幾種策略。

投鼠忌器，打老鼠，怕傷到玉瓶兒，別人的女兒當然是老鼠，自家的兄弟必定是玉瓶，毋須商榷。

她先撥電話去找承早，得知他在上課，於中午時分趕到大學堂。

承早自課室出來，看到姐姐，已知是怎麼一回事，他素來尊重承歡，一聲不響與她到附近冰室喝茶。

承歡二話不說，先塞一疊鈔票給他。

承早訕訕地收入口袋。

「父母都怪我呢。」

承早意外，「怎麼怪到你頭上。」

「這就叫做城門失火，殃及池魚。」

承早不語。

「承早，先回家，其餘慢慢講。」

承早十分為難，「母親的意思是，一舉一動都得聽她調排，從頭管到腳，我實在吃不消。」

「我自然會跟她說，叫她給你自由度。」

「在夾縫中總可以透到空氣苟延殘喘，算了，我情願在外浪蕩。」

「那麼，我替你找地方住。」

「那該是多大的花費。」

「我的兄弟，怎麼好寄人籬下。」

承早一直搔着頭皮。

「帶我去看看你目前住的地方。」

承早只是擺手。

「怕什麼，是姐姐。」

女主人不在家，承歡要到這個時候才知道她叫湯麗玫，主持的時裝店，就叫麗玫女服。

公寓狹窄，客人進門的時候，一個兩歲大的胖小孩正在哭，臉上髒髒地糊着食物。

同屋還有一位老太太，是湯女士的母親，見到承早，板起臉，碰一聲關上房門，躲着不出來。

承歡微笑道：「這並不是二人世界。」

承早不出聲。

承歡覺得已經看夠，輕輕說：「承早，男人也有名譽。」

承早已有懊惱的神色。

「不過，幸虧是男人，回頭也沒人會說什麼。」

那小孩不肯進衛生間，被帶他的保母斥罵。

「我們走吧。」

「我收拾一下。」

承歡連忙拉住弟弟，「幾件線衫，算了吧。」

承早輕輕放下門匙。

承歡如釋重負，拉起承早就走。

在狹小電梯裏，承歡說：「在這個階段，你幫不了她，她亦幫不了你。」

承早不出聲。

「感情是感情，生活歸生活，」承歡聲音益發輕柔，「承早，讀完書，找到工作，再來找她。」

承早的頭越垂越低。

承歡撥弄弟弟漆黑的頭髮，「你頭腦一向不糊塗，可見這次是真的戀愛了。」

承早淚盈於睫，由此可知世上尚有姐姐瞭解他。

說實話，承歡心中其實也當承早中邪，不過她是聰明人，知道這件事只能哄，不能罵，故一味放軟來做，果然生效。

承早低聲說：「我帶你去看她。」

麗玫女服店就在附近一間大廈，步行十分鐘便到，承歡視這一區為九反之地，很少來到，此刻小心翼翼抓緊手袋，神色慎重，只是承早沒留意到。

小店開在二樓，店裏有客人，年輕的老闆娘正在忙着招呼。

承歡一看，心中有數。

的確長得出色，高大碩健一身白皮膚。三圍分明，笑臉迎人，麗玫兩字，受之無愧。

而且看上去，年紀只比承早大三兩歲。

她一邊把飯盒子裏食物送進嘴裏，一邊沒聲價稱讚客人把衣服穿得好看。

承歡輕輕說：「真不容易，已經夠辛苦，你也不要再增加她的負擔了。」

「媽不准我見她。」

「這個包我身上，你先到我處住，同媽講妥條件才搬回家中。」

承早鬆一口氣。

那湯麗玫一抬頭，看到承早，打心中笑出來，可是隨即看到有一女生與承早形容親熱，又馬上一愣，臉上又驚又疑。

承歡在心中輕輕說：真苦，墮入魔障了。

承早走過去，低聲說了幾句，湯麗玫又恢復笑容。

承早講到要跟姐姐回去，她又覺失望。

七情六慾竟叫一個黃毛小子牽着走，承歡不禁搖頭歎息。
客人走了，湯麗玫斟出茶來。
店裏七彩繽紛都是那種只能穿一季的女服。
湯麗玫頷首，「承早你先到姐姐處也是正確做法。」
承歡連忙說：「多謝你開導他。」
湯麗玫攤攤手，淚盈於睫，「離一次婚，生一個孩子，伯母就當我是妖精了。」
承歡立刻欠欠身，「她是老式人，思想有淤塞。」
湯麗玫輕輕說：「人難保沒有做錯一次半次的時候。」
承歡馬上說：「離婚不是錯誤，離婚只是不幸。」
湯麗玫訝異了，「你這話真公道。」
承早說：「我一早說姐姐會同情我們。」
承歡保證：「承早在我處有絕對自由，你可以放心。」
湯麗玫忙不迭點頭。

承歡想起來，「你要換一個保母，現在這個不好，孩子不清潔，她還喜歡罵他。」

語氣誠懇關懷，湯麗玟一聽，鼻子更酸，落下淚來。

承歡把一隻手搭在她肩膀上。

然後，她到店外去等弟弟。

這種不幸也似乎是自招的，離婚後仍然不用心處理感情，居然會看中麥承早這種小男孩。

承歡深深歎息。

不到一刻，承早就出來了。

他問姐姐：「我睡你家客廳？」

承歡看他一眼，「廚房浴室都不夠大。」

「看，我天生是睡客廳的命。」

在湯家，想必也寄宿在沙發上。

承歡不語。

把弟弟安頓好，她已覺得筋疲力盡。

承早說：「那孩子最可憐，至今尚會問爸爸在哪裏。」

承歡問：「該怎麼辦呢，又不能不離婚。」

承早說：「我們應當感激父母吧。」

「你到今日才發覺。」

「姐，所以你感恩圖報。」

承歡感喟，「婚姻這制度與愛情無關，不過它的確是組織家庭撫養孩子最佳保障。」

父母之間相信早已無愛情存在，可是為着承歡與承早，苦苦支撐。

也許他們品性較為愚魯，可能環境並不允許他們作非份之想，無論如何，姐弟倆得以在完整家庭內長大。新衣服不多，可是總有乾淨的替換，飯菜不算豐富，但餐餐吃飽。

成年之後，知道父母彼時做到那樣，已屬不易。

「不要叫父母傷心」是承歡的座右銘。

失望難免，可是不要傷心。

那壓力自然沉重，尤其是在母親過了五十歲之後，一點小事都堅持傷心不已。

承歡來回那樣跑，毛詠欣取笑她：「魯仲連不好做。」

承歡詫異，「你還曉得魯某人這個典故，真不容易。」

「是呀，」毛毛感喟，「還有負荊請罪，孔融讓梨，守株待兔，臥冰求鯉……統統在兒童樂園讀到。」

「那真是一本兒童恩物。」

承歡回到家去邀功，可是麥太太不領情，她紅腫着眼睛說：「待我死了，承早大可與那女子結婚。」

承歡亦不悅，「承早現住我家，還有，他並不打算在近期內結婚，第三，那女子勤奮工作，不是壞人。」

麥太太氣忿，「別人的女兒都會站在母親這邊。」

「也許，別人的母親比較講理？」

麥來添插嘴，「承歡，承早一個人氣你母已經足夠，你不必火上烹油。」

承歡歎氣，「我是一片好心。」

想居功？做夢，仍有好幾條罪名等着這個女兒。

事後承歡同毛詠欣說：「我自以為會感動天，誰知被打成忤逆兒。」

毛詠欣看她一眼，「你我受過大學教育，年紀在三十歲以下，有一份職業，這樣的女性，已立於必敗之地，在父母家，在辦公室，在男伴之前，都需忍完再忍，忍無可忍，重新再忍。」

承歡問：「沒有例外？」

「啐，誰叫你知書識禮，許多事不可做，許多事不屑做，又有許多事做不出。」承歡替好友接上去：「既不能解釋，又不能抱怨。」

「那，豈非憋死？」

「所以要找一個身段碩健的英俊男伴。」

「這是什麼話。」

「年輕、漂亮、濃稠的長髮、西裝外套下穿那種極薄的貼身長袖白襯衫，愛笑，會得接吻，有幽默感……」

「慢着，從來沒有人對男伴作這種非份之想。」

毛詠欣反駁，「為什麼不能？」

「多數女子要求男方學識好有愛心以及事業有基礎。」

「啐，這些條件我自己式式俱備，所以你看女人多笨。」

承歡服帖了，「說下去。」

「我為什麼不能要求他有一雙美麗的眼睛，還有，纖長的手指，V字形身段，女人不是人，女人不可貪圖美色？」

言之有理。

「女人為什麼要甘心同禿頭大肚腩雙下巴在一起廝守終身。」

「我最怕禿頭。」

「一發覺他掉頭髮，即時分手。」

承歡笑得打跌，「好似殘忍一點。」

「相信我，老友，他們一發覺女伴有什麼差錯，即時棄若敝屣，毫不容情，絕不猶疑。」

承歡問：「你找到你所要的伴侶沒有？」

「我還在努力。」

承歡頷首，「人同此心，所以有人喜歡麥承早。」

「承早一張面孔賞心悅目。」

承歡瞪好友一眼，「先把經濟搞起來，屆時要什麼有什麼。」

「真是，窮心未盡，色心不可起。」

未到一月，承歡便聽到街外謠言。

一位西報的女記者在招待會後閒閒說：「承歡，聽說你解除婚約後很快與新男友同居。」

承歡一怔，「我與弟弟同居。」

「真的？」對方笑，「聽說他十分年輕。」

「他是我親兄弟。」

「真的！」仍是笑。

承歡只得置之不理。

過一個星期，在茶座碰到辛家亮，他特地過來招呼，一隻手親熱地搭在承歡肩上。

承歡見他不避嫌，十分歡喜，連忙握住他的手。

承歡知道有些人在公眾場所不願與同居女友拉手，好似覺得對方不配，由此可知她沒有看錯辛家亮。

「承歡，與你說句話。」

承歡與他走到走廊。

她意外地看着他，「什麼話？」

辛家亮充滿關注，「什麼人住在你家？」

他也聽到謠言了。

「是承早，你還記得我弟弟叫承早吧。」

「我早就知道是承早，我會替你闢謠。」

「謝謝你。」

承歡想盡快回到座位去。

「承歡，生活還好吧。」

「尚可，託賴。」

「有新朋友沒有？」

「沒有。」承歡溫和地說。

辛家亮笑，「不要太把別人與我比較。」

承歡見他如此詼諧，倒也高興，「可不是，不能同你比，沒有人會愛我更多。」

「真的，承歡，你真的那麼想？」

「我仍保留着你送的指環。」

「那是一點紀念。」

承歡瞄一瞄他身後，「你的女伴找你呢？」

他急急一回頭，承歡拍手，「中計！」

大家一起笑，手拉手走回茶座。

承歡的女友羨慕地說：「原來分手後仍然可以做朋友。」

「可能人家根本尚未分手。」

「也許不應分手。」

「雙方都大方可愛之故。」

「辛家亮對麥承歡沒話講，訂婚指環幾近四卡拉，也不討還。」

「已出之物，怎好討還。」

「下作人家連送媳婦的所謂聘禮都能討還。」

「還不即時擲還！」

「當然，要來鬼用！」

眾人大笑。

辛家亮臨走替承歡這一桌付了賬。

「看到沒有，這種男友才叫男友。」

「許多人的現役男友都不願付賬。」

「人分好多種呢。」

那日返家，意外地發覺湯麗玫帶着孩子來探訪承早。

承歡連忙幫着張羅，怕小孩肚餓，做了芝士通心粉一口口餵他，孩子極乖，很會吃，承歡自覺有面子。

湯麗玫甚為感動，「承歡你愛屋及烏。」

承歡聞言笑道：「你也不是烏鴉好不好。」

「你對我是真正沒偏見。」

「我也希望別人不要嫌我是一名司機之女之類。」

承早在一旁說：「姐姐即使像足媽媽，也無人敢怪她，可是她一點不像。」

承歡先是沉默一下，忽然說：「像，怎麼不像，我同媽一般任勞任怨，克勤克儉。」

承早低下頭，有點慚愧，他竟講母親壞話。

湯麗玫卻立刻說：「我相信這是真的。」

「我媽有許多優點，她只是不擅處理人際關係。」

大家都不説話。

孩子看着空碗，說還要，承歡為他打開一包棉花糖，然後小心翼翼幫他剪指甲。

愛幼兒之情，裝也裝不出來。

湯麗玫十分感動。

她這個孩子來得不是時候，父親那邊無人理睬，她娘家親戚簡直只當看不見他，只得由保母拉扯着帶大，小孩有點呆，不懂撒嬌，也不會發脾氣，十分好相處。

難得承歡那麼喜歡他。

她又把圖畫書取出給他看，指着繪圖逐樣告訴他：「白兔」、「長頸鹿」、「豹」……

麗玫落下淚來。

承歡抬頭看到，詫異說：「這是怎麼一會事，我家天花板落下灰塵來？」

湯麗玫無從回答。

承歡明白了，勸說：「你放心，要成才，終於會成才，沒有人阻擋得住，社會自然會栽培他，不用你勞心，假使不是那塊料子，你再有條件寵他，爛泥抹不上壁，也不過是名二世祖。」

那孩子十分喜歡承歡，把胖頭靠在她膝蓋上。

承歡說：「你多來阿姨家玩，阿姨很會照顧小朋友。」

「承歡，你對我們真好。」

承歡笑，「將來上你處買衣服，給個八折。」

湯麗玫也笑，「六折又如何，不過那些服飾不是你級數。」

「真的，我一件深藍西裝外套穿足三年。」

再過半晌，由承早送她們母子回去。

他們一走便有人打電話來找承早。

聲音很年輕很清脆：「麥承早在嗎？」

「他出去了，你有什麼話可以對我說，我是他姐姐。」

「呵，是姐姐，請你告訴承早鯱會我會遲三十分鐘，他不用那麼早來接我。」

「你是哪一位？」

「我是程寶婷。」

「好，程小姐，如果他回來，我見到他，自然同他說。」

承歡沒想到承早有這樣豐富的感情生活。

年紀輕，多些選擇，再作決定，也是應該的，只不過途中必定會傷害一些人以及幾顆心。

最怕失去承早的人是他母親。

剛把他帶大，可供差遣，可以聊天，他卻去侍候旁的不相干的女性，難怪麥太太要妒火中燒。

承早轉頭回來，承歡說：「王寶婷小姐找你。」

「是程寶婷。」

「嗯，一腳不可踏二船。」

「姐，」承早把頭趨過來，「你的話越來越多，不下於老媽。」

「良藥苦口，忠言逆耳。」

承早給她接上去：「勤有功，戲無益，滿招損，謙受益。」

承歡為之氣結。

她不是他母親，她不必理那麼多。

承歡意興闌珊地對毛詠欣說：「要討老人喜歡，談何容易。」

「你不是做得很好嗎，令繼祖母把全副遺產給了你。」

「可是你看我父母怨言不絕。」

「那是他們的特權，基本上你覺得他們愛你便行。」

「還以為搬了家便功德圓滿，已償還一切恩怨。」

毛詠欣冷笑一聲：「你倒想，這不過是利息，本金足夠你還一輩子。」

初冬，承歡最喜歡這種天氣，某報館辦園遊會，邀請麥承歡參加，她徵求過上級意見，認為搞好公共關係，義不容辭，於是派承歡前往參加。

其實天氣不算冷，可是大家都情願躲在室內。

戶外有暖水池，承歡見無人，蠢蠢欲動，內心鬥爭許久，問主人家借了泳衣，躍進池中。

她游得不知多暢快，潛入池底，冒出水面，幾乎炫耀地四處翻騰。

半小時後她倦了，攀上池來，穿上毛巾浴衣，發覺池畔另外有人。

她先看到一個毛茸茸的胸膛，直覺認為那是一個外國人，別轉頭去，不便多看，她是一個東方女性，無論英語說得多流利，始終保存着祖先特有的靦腆。

那人卻說：「你好，我叫姚志明。」

承歡看仔細了他，見他輪廓分明，可是頭髮眼睛卻都是深棕色，想必是名混血兒。

「你是麥承歡吧。」

承歡陪笑，「你如何知道。」

「聞名已久，如雷貫耳。」

中文程度不錯。

「我是香江西報的副總。」他伸出手來。

「呵你便是姚志明，我們通過好幾次電話。」

那姚志明笑。

「我一直以為你是華人。」

「家父確是上海人。」

他站起來，承歡從不知道男性的身段也會使她目光貪婪地留戀。

她咳嗽一聲，「你還沒開始吧，我卻想進去了。」

他躍入水中，笑時露出一口整齊牙齒，「一會見。」

寬肩膀、光潔皮膚，結實肌肉。

承歡十分震驚，連忙返入室內更衣。

從前，她看男生，最注重對方學歷人品職業，沒想到，今天，她看的純粹是人。

她找到香江西報的記者便問：「姚志明有無家室？」

「他目前獨身。」

「可有親密女友？」

對方笑，「你指精神上抑或肉體上的？」

承歡駭笑，「你們說話保留一點可好？」

「相信我，承歡，他不是你那杯茶，志明兄才華驚人，日理萬機，可是下了班他是另外一個人，他停止用腦，他縱容肉體。」

承歡不語，心中艷羨，她但望她可效法。

過一刻天下起毛毛雨來，那才真叫有點寒意，承歡披上外套，向主人告辭。

「為何那麼早走？」

「還有點事。」

「我叫人送你。」

「不必，自己叫車便可。」

「那不行，我命司機送你。」

承歡笑笑走到門口。

一輛漂亮的淡綠銀底平治跑車停在她跟前，司機正是姚志明。

「我是你的司機，麥小姐，去何處？」

承歡有點迷茫，年少老成的她從來還是第一次遇到這樣的人與這樣的事。

她看到自己的手放在車門扶手上，那位姚先生下車替她打開車門。

她又發覺自己雙腿已經挪進車裏。

姚志明對她笑笑，開動車子，那性能上佳的跑車咆哮一聲如箭一般飛馳出去。他並沒有把她載回家，車子在山上打轉，那毛毛雨漸漸凝聚成一團團白霧。

臉上與頭髮都開始濡濕，一向經濟實惠的麥承歡忽然領受到浪漫的樂趣。

姚志明沒有説話，把承歡直載到家門口。

他陪承歡上樓，承歡開了門，轉過身來向他道別。他站得老近老近，幾乎鼻尖對鼻尖，絲毫沒有退後的意思。

他又長得高大，下巴差一點就可以擱在承歡頭頂。

他輕輕説：「我可否再見你。」

「呵當然可以。」

「那麼今夜。」

承歡驚疑，「我明早要上班。」

「我也要上班。」

承歡被他逼在牆角，「好，今晚。」

「九時我來接你，你先睡一覺，以後，怕沒有機會再瞌眼了。」

承歡駭笑。

她當然沒睡着，可是利用時間她刻意打扮過，洗了頭髮，抹上玫瑰油，換過喬琪紗裙子，為免過份隆重，套件牛仔布外套。

她從來沒有為辛家亮特別修飾，因為她相信她在他面前，外形不重要。

但這次不同，雙方默契，同意腦筋停工，純是肉體對肉體。

甚至能不說話就不必說話。

像母親對幼嬰，那小兒只是粉紅色無知無覺的一團粉，可是肉慾的愛戰勝一切，原始豐盛，為女性所喜。

真是一種奇異透頂的關係。

那夜姚君遲到十分鐘，他並沒有太準時，門一打開，承歡看到他的笑臉，才知道她有多麼想見他。

他穿着長大衣，把它拉開，將她裹在裹頭。

他把她帶到鬧市一間酒館去聽爵士音樂。

人擠，位窄，兩人坐得極近，有後來的洋女索性坐男伴膝頭上。

姚君的雙臂一直摟着承歡，在那種地方，非把女伴看得緊緊不可。

自始至終，他倆都沒有聊天講心事。

對話簡單，像「給你拿杯橘子水？」「不，清水即可」，「我替你取一客鹹牛肉三文治」，「洗手間在何處」，「我陪你去」，回來之際，座位為人所佔，只得站在梯間。

不久有警察前來干涉人數太多觸犯消防條例，吩咐眾人離去。

人客噓聲四起。

姚志明拉一拉承歡，「我們走吧。」

承歡依依不捨，走到街外，猶自聽到色士風如怨如慕地在傾訴情與愛。

在車上，他問她：「你在第一個約會可願接吻？」

承歡笑不可抑，像是回到十六歲去。

她一本正經回答：「不。」

姚志明聳聳肩，「我們明天再談。」

已經很晚了，承歡不捨得看手錶，怕已經凌晨，會害怕第二天起不來。

「早上來接你。」

輕輕開門，看到承早已在沙發上睡着。

連他都已經回來，由此可知肯定已經是早上了。

承歡悄悄進房，倒在床上，發覺不知怎地，移花接木，姚君的一件大衣已經在她身上。

她竊笑，他衣櫃裏一定有一打以上的長大衣，哪位女士需要，穿走可也。

她瞌上眼，睡着了。

不知什麼時候，聽見鬧鐘響，驚醒，卻是電話。

承早惺忪地在門口說：「姐，找你。」

是姚志明。

「你在什麼地方？」

「在門口。」

「給我十分鐘。」

承歡跳起床來淋浴更衣，結果花了十五分鐘，頭髮濕漉漉趕下樓去。

他買了熱可可與牛角麵包等她。

承歡忽然緊緊擁抱姚君，嗅到他身上藥水肥皂的香味。

他不想她有時間見別人，他自己當然也見不到別人，事情就這樣決定了。

在接着的一個月內，承歡睡眠時間不會超過數十小時。

承早發覺小公寓幾乎完全屬於他一人，姐姐早出晚歸，二人已無機會見面，有事要打電話到她公司去。

然後，他聽說姐姐同一外國人來往。

他還辯曰：「不不，她不會的。」

湯麗玫訝異：「外國人有什麼不對？」

一日臨下班，毛詠欣上來看好友。

她嚇一跳，「怎麼回事，承歡，你瘦好多。」

承歡無奈，「忙。」連自己都為這藉口笑了。

「那外國人是誰？」

承歡答：「他不是外國人，他叫姚志明。」

「有些外國人叫衛奕信、戴麟趾、麥理浩。」

「他確有華人血統。」

「拿何國護照？」

承歡放下文件夾子，想一想，「我不知道，我從來沒問過，我不關心。」

毛詠欣張大眼睛，「你在戀愛？」

「對於這點，我亦不太肯定，抱歉未能作答。」

毛詠欣問：「你可快樂？」

承歡對這個問題卻非常有把握，「那也不用去說它了。」

毛詠欣艷羨不已，「夫復何求！」

承歡微笑。

「有無訂下計劃？」

承歡老老實實回答：「我連他多大年紀，收入多寡都不知道，並無任何打算。」

過一兩日，麥太太叫她回家。

「承歡，很久沒看到你。」

這是真話。

「今晚回來吃飯。」

「今晚我——」

「今晚！」

姚志明知道後毫不猶疑地說：「我在門口等你。」

「可能需要一段時間。」

「不要緊。」

一進門，麥太太便鐵青着面孔，「你與外國人同居？」

承歡愕然，「沒有的事。」

「承早，你出來與姐姐對質。」

承歡不相信雙目雙耳，「承早，你這樣報答我？」

麥來添勸道：「大家坐下談，別緊張。」

「是不是外國人？」

承早說：「那麼高大英俊，還不是外國人？我十分擔心。」

麥太太精神繃到極限，「承歡，我女兒不嫁外國人！」

「嫁？沒有人要娶我。」

「什麼，他還不打算娶你？」

承歡取過外套，「我有事要先走一步。」

「慢着。」

「承早，你找地方搬吧，我不留你了。」

「姐，你別誤會，我是關懷你。」

「太多口惠，太多街坊組長，太多約束，我的權利與義務不相稱。」

承歡取過外套奔落樓。

一眼便看到姚志明的車子緩緩兜過來。

她跑過去，拉開車門便上車。

「你並沒有叫我久候。」

承歡轉過頭來，微笑問：「你處，還是我處？」

她知道，麥承歡做一個乖女兒，到今天為止。

事情並非不可告人，也不是不能解釋，事實上三言兩語便可叫母親釋嫌。

姚君是上海人，有正當職業，學識與收入均高人一等，未婚，他們不是沒有前途的一對……

可是承歡已決定這一次，她不會再讓母親介入她與她男伴之間。

這純是她麥承歡的私事，她沒有必要向家人交代男伴的出身、學歷、背景。

母親需索無窮，咄咄逼人，她每退一步，母親就進攻一步。

她若乖乖解釋一番，母親便會逼她把他帶返家中用大光燈照他。

並且作出倨傲之狀，令他以及女兒難做。

為什麼？行為怪僻是更年期女性特徵，毋須詳細研究。

反正麥承歡認為她將屆而立之年，生命與生活都應由自己控制，不容他人插手。

母親寂寞了那麼多年，生活枯燥得一如荒原，看到子女的生活豐盛新奇鮮蹦活跳，巴不得事事加一腳，最想做子女生活中的導演，這樣，方可彌補她心中不足。

可是，麥承歡不是活在戲中，她不需要任何人教她下一次約會該怎麼做。

當然，母親會得把她這種行為歸咎於不孝。

承歡仰起頭，就不孝好了。

不是沒有遺憾，不是不惆悵，而是只能如此。

上四分之一世紀，麥承歡事事照顧母親心事，以母親心願為依歸。

今日，她要先為自己着想。

太多太多次，母親纏着她要錢、要時間、要尊重、要關注。

嚴格來說，母親不事生產，專想把生命寄託在子女身上。

以往，承歡總是不捨得同她說：「管你自己的事。」

現在，承歡知道她的好時光也已然不多。

她對毛詠欣說：「一下子就老了。」

「老倒未必，而是明年後年長多了智慧，價值觀想必不同，許多事你不屑做，也就失去許多樂趣，真的到年紀大了，一點回憶也無。」

承歡歎口氣。

「你與姚志明的事傳得很厲害。」

「那多好，這叫緋聞，不是每個女子都有資格擁有緋聞。」

毛詠欣並不反對，微笑道：「沒想到你輕易得到了我的奢望。」

承歡看着她，「不，你比我聰明，你可以衡量得出這件事值不值得做。」

「值與不值，純是當事人的感覺。」

承歡頷首，同聰明人對話，真是享受。

「這件事對你來說，真是邁出人生一大步。」

承歡說：「姚志明就是看中我這一點，他終於俘虜了一個循規蹈矩的好女孩。」

「當你變得同他其他女友一般不羈之際，情況會有改變。」

「那是一定的事，可是目前我覺得享受。」

毛詠欣看着她，「你不怕名譽變壞？」

承歡啞然失笑，「大不了我再也找不到第二個辛家亮。」

「當心你會傷心。」

「那當然是必須付出的代價。」

「價值觀尚逗留在世紀初的伯母怎麼想？」

「我要是處處注意她怎麼想，她自然想法多多，若完全不去理她，她的想法與我何干。」

「可是，母女關係一定大壞。」

「我有我自己的路要走。」

「姚志明好像結過一次婚。」

「是嗎，告訴我更多。」

「你沒有問他？」

承歡大膽地說：「接吻還來不及，誰問這種不相干的無聊事。」

毛詠欣羨慕得眼珠子差些掉出來。

其實麥承歡沒有那麼不堪，她與姚志明之間也有屬靈的時候。

像一日兩人坐在沙灘上，他忽然說：「昨天我在某酒會碰到一個人。」

「啊。」

「他的名字叫辛家亮。」

承歡微笑，「你們可有交談？」

「他是一個有趣的人，特地走到我面前自我介紹，並且表示他曾是你未婚夫，又叫我好好照顧你。」

「你如何回答？」

「我說我會盡量做到最好。」

「謝謝你。」

「接着他給我一杯拔蘭地，暗示給我知道，你倆之間，並無肉體關係。」

承歡撲哧一聲笑出來。

姚志明大惑不解，「怎麼可能，那真是一項成就，你們訂婚多久？」

承歡凝視他，「如果今夜你討得我歡心，我或許會把秘密一一告訴你。」

姚志明把承歡摟在懷中，下巴放在她頭頂上，「你是真愛他，你不過是貪圖我的身體。」

「難為你分得這麼清楚。」

「我被利用了。」他微笑。

「有一本文藝小說：叫做《欺騙與遺棄》。」

「那是我的寫照嗎？」

承歡溫柔地說：「當然不，我只是隨口說說。」

「承歡，或者我倆應當結婚。」

承歡嚇一跳，「你竟想我同你結婚？」

「這算得是奢望？」

「咄，你的過去那麼複雜，閱歷如此豐富，哪裏還配結婚！」

姚志明微笑，「但是我可以使你快樂。」

「這是一個很大的引誘，不過，既然現在我已得到我所需要的一切，我又何必同你結婚？」

姚說：「我不該一上來就投懷送抱，讓你為所欲為。」

「所以守身如玉也有好處。」

她笑，「看到你，誰還看得住自己。」

麥承歡仍然不知他明年有無機會升級，抑或到底有無結婚，可是，這還有什麼重要呢。

他們在一起是那麼開心。

這一切伎倆，姚志明一定已經用過無數次，但是對麥承歡來說，仍然是新鮮的。

承歡已經不大回家去。

輪到承早到辦公室來找她，「姐，你搬了家應該通知家人。」

「對，你好嗎，湯麗玫好嗎？」

「我倆已經分手。」

承歡點點頭，這也是意料中事，忽然想起來，「那孩子呢？」

「仍然由保母帶，還是常常哭泣。」

「你現在哪裏住？」

「宿舍。」

承歡掏出一疊鈔票輕輕塞進他的褲袋。

承早說：「我都沒有去過你的新家。」

「有空來看看，地方相當寬大，問政府借了一大筆錢，餘生不得動彈。」

「姐，你真有本事。」

「承早，我也一直看好你。」

「可是你與家裏的距離越來越大。」

承歡不語。

「張老闆退休，爸也不打算再找新工作。」

「他是該休息了。」

「很掛念你。」

承歡微笑，「子女總會長大，哪裏還可以陪他看球賽吃熱狗。」

「偶而……？」

承歡答：「是，偶然，可是，忙得不可開交，想休息，怕問長問短。」

承早說：「我明白。」

「有許多事，不想解釋、交代、抱歉。」

「最慘是道歉。」

「是，生活對年輕人也很殘酷，在外頭碰得眉青鼻腫，好不容易苟且偷生，還得對挑剔的老人不住致歉：對不起我不如王伯母女兒爭氣，不好意思我沒嫁入豪門，真虧欠我想留下這三千元作自己零用……人生沒意義。」

承早摸一摸口袋中厚厚鈔票，「我明白，我走了。」

承歡送他出去。

她身邊也不是常常有那麼多現款，不過知道弟弟要來，特地往銀行兌給他。

他這種年紀最等錢用。

下班前姚志明一定撥電話給她。

這一天麥承歡沒有等他，自顧自溜了出去。

華燈初上，街上人群熙來攘往，承歡夾雜在其中，如魚得水。

她看了一會櫥窗，喝了一杯咖啡，覺得十分輕鬆，回家與一男子同一部電梯。

那位男士忽然問：「你可是麥小姐？」

承歡連忙笑問：「你是哪一位？」

「我叫簡國明，我們見過面，政府宣佈——那次——」

承歡唯唯諾諾。

「你住七樓？」

「是。」

「我在十二樓甲座。」

承歡笑，「與父母住？」

「不，我獨居，」停一停，「你呢？」

「我也一個人。」

「有空聯絡。」立刻寫下電話給她。

他看她進門口。

承歡說：「有空來坐。」

她只看到簡君一身西服十分名貴熨帖。

甫進門就聽見電話鈴不住響。

承歡取起聽筒，「這倒巧，我剛進門。」

「我不停打了有一小時了。」

承歡朝自己眏眏眼，「姚志明，你已墮入魔障。」

「我知道，」姚志明頹然，「以往，都是女性到處找我，對，你到什麼地方去了。」

「我回父母家。」承歡不想交代，好不容易爭取到自由，怎麼會輕易放棄。

「呵，承歡膝下。」

「可不是。」